U0585221

下午

陶文瑜 著

陶文瑜短篇小说集

作家出版社

目　录

下
午

文瑜是一面镜子（代序）

范小青

感谢作家出版社，给文瑜出版他的第一部也是唯一的一部小说集。

文瑜走了快九个月了，我一直在记录对于他的思念的点点滴滴，借这个机会，我写几句，为了文瑜，更是为我自己。

一、想念文瑜

陪文瑜过年

大街上的人，看起来是那么的匆忙而又庄重并带着些兴奋，街上的车，也多了起来，更加堵了，高大上的高铁站，一下子就变得像个巨大的难民营了，我忽然明白，年，渐渐地逼近了。

这是一个没有了文瑜的年。

有文瑜的时候，我们过年也未见得必须见面，互相都会说，过年忙，等闲一点再说。

其实，年还没有逼近的时候，我早就想到了年。

想到要陪文瑜过年。

文瑜爱热闹。今年他一个人独自去了，不知道在那边交上新朋友没有，留在这边的老朋友，是一直永远把他放在心里的。

在文瑜离去的这些日子里，几乎没有一天，没有一刻不想到他，耳边听到任何的词语，眼睛看到任何的事物，都会难过，都会暗自哀伤，冬至，圣诞，元旦，过年，黄天源糕点，评弹的调调，18点18分，苏州新闻，甚至看到街上行走的每一个陌生的人，一切的一切，都能和文瑜的在与不在联系上。

一切的一切依然，只是没有了文瑜。

1月19日晚上，苏州的文瑜的朋友，聚在一起，地点是文瑜的恩师华永根帮忙订的，新梅华，在清静的十全街上。进门大厅，就有一幅文瑜的字，桌上清一色的苏帮菜，都是文瑜喜欢的。

大家纪念文瑜，同时互道珍重。本来是文瑜共同的朋友，也有亲疏的区别，文瑜走了，我们之间，更像是亲人了，文瑜远去了，我们走得更近。这种情感，就叫陶文瑜。

知道我们吃得满意，文瑜会开心的。

文瑜，我们陪你一起过年。

1月19日，那一天，我们还不知道，即将到来的是什么。

清明去看文瑜

是的，陪文瑜过年的那一天，我们谁也没想到，即将到来的疫情会把我们互相隔离了这么长的时间。

但是我们和文瑜，却没有隔离。

人间和人间，是会隔离的，但是人间和天堂，却是永远连接相通的。

这几个月，是我们心情最慌乱，思绪最紊乱，感受最混乱的时间，就在这样的漫长的惶惶的日子里，听到某个信息，看到某篇文章，随时，随时，我都会想着，给文瑜打个电话吧，和他说说话吧，我需要。

然后心里一阵疼痛，空。

今年的清明，文瑜走后头一个清明。清明去看文瑜，这是我们从一开始就不约而同的坚定的想法。可是疫情来了，因为疫情，停止扫墓，得到消息的那一刻，心中倍感苍凉。

后来却有了惊喜，转机来了，可以先网上预约登记，一车三人，有健康码，有身份证和口罩，我们就能去看文瑜了。

于是，由燕华君代为预约，4月7日上午，我和燕华君周毅一起去看文瑜。苏州越溪清泉公墓，5F8排15号。

文瑜就在这里，他的正对面，是一大片竹林，风吹过，有声音。

这声音陪着文瑜。但是他会寂寞的，他一个人在那里，会寂寞的。

我们要多陪他一会。在他的坟前，我们说着家常的话题，带了他喜欢吃的酱汁肉，青团子，我们又念叨了许多他喜欢吃的东西给他听，又说了他的许多可笑的好笑的事情，笑到我们眼泪都出来了。好像他就坐在我们身边。

他就坐在我们身边。

但是无尽的悲伤在我的心底。

回到家不久，小天的电话来了，着急说，我怎么找不到5F8排？

我说，你往前走，去找竹林，他就在竹林那边。

见字如面

薛亦然建了群，在朋友中征集文瑜的字画，大家想着，行动着，要为文瑜出一本书法集。

荆歌提议，书名《见字如面》。群名也是见字如面。

看到这四个字，忽然就潸然泪下了。

潘向黎也在群里，我和向黎说，他们建了群，才知道心里还是很痛，很痛。

向黎则告诉我一个事情，无锡有个作家，某日下午到书店，看到书架上陶文瑜的诗集《随风》，"心里一沉，想起三十年前他到我家吃水饺，我到他家吃糖芋头"。陶文瑜的诗集放在底下一层，他趁工作人员不注意，悄悄把《随风》挪到了上面。

见字如面。

见字如面。

见字如面啊。

探　梅

五月七日，文瑜生日。

苏州相城区音协在这一天推出了以文瑜的诗为歌词的民谣单曲《探梅》，纪念文瑜。

> 缥缈山下看梅花
>
> 又看旧人又看花
>
> 花是萍水相逢人
>
> 人是一生一世花

是文瑜在向我们诉说，也是我们在向文瑜诉说。

过河卒子

那些年我从苏州到南京工作，生活发生了很大的变化，表

下午

面也许还淡定，内心肯定是焦头烂额的。

文瑜是知道的。

后来他抄录了胡适的诗送给我："偶有几径白发，心情微近中年。做了过河卒子，只能拼命向前。"

这幅字我一直搁在我办公室的书柜里，每天看到。

文瑜是一面镜子

大家想念他，纪念他。许多人写了纪念文瑜的文章，读过这些文章的人，都被感动。那是因为文瑜感人，也因为写文瑜的人感人。

我们已经有多长时间不为他人流泪了？

在精致的利己主义盛行的当下，文瑜是一面镜子。

人人防范别人，不敢把心里话告诉别人，但是在文瑜这里，没事，尽管说，不用担心，他从不做挑拨之事，更不会嘲笑你的隐秘的不可见人的内心。

有意见他会直说，甚至吃相难看，但不玩阴谋，他生气了，只会当场翻脸。

所以，写文瑜的文章很多，但我还是要继续写。人可以不看，我不能不写。

我可能就是写给自己看的，我从文瑜这面镜子照着我自己。

有的人看起来很了不起，很高大上，其实只有一个卑鄙的灵魂，和低贱的内心。文瑜也有很多毛病，缺点，但他是一个高尚的人。

文瑜走了以后，我的内心变得更加柔软，看到所有的人，都感觉很亲，都想和他们亲近，大街上的人，车站的人，陌生的人，想要对他们好。

一个女士的大衣带子掉下来了，我喊住了她，替她捡起来

一个不会取票的农民工，我帮他取

就是这样

茶缸插梅花，想你又一年。

我曾经在《赤脚医生万泉和》这个小说的创作谈中写过：我们身边聪明人很多，聪明人也有情怀，但是聪明人的情怀大多是留给自己的，反而只有一个笨人，一个脑膜炎后遗症的人，能够心疼农民，为农民做事。

文瑜是个聪明人，但他的聪明是和大家一起分享的，从来没有单独留给自己。

文瑜就是这样的一面镜子。

文瑜在他最后的诗中写过：

散去的时候

你把我送到路口

我们挥挥手告别

然后你拿出手机

把朋友圈里我的名字删去

其实他知道，不会的，不会删去，无论是手机里还是心里，天荒地老，永远在。

其他的信息，都是来来去去，去了又来，来了又去，只有文瑜的，永远定格，不会离去。

因为我们离不开他。

二、关于小说

文瑜在的时候，我们交谈聊天中的一个重要话题，是小说。

当然，我们也会聊电影和电视，多半是他看完某个电影或电视剧，来谈观后感了。

有一次电话通了他就说，我推荐一个电影，你一定喜欢的。

我说，你不用说，我知道，《一次别离》。

就是这样的默契。

反过来，如果是我推荐给他的，他看了，多有不满意，因为他眼高，他骄傲，就说，一般。并勿高。或者直接就贬低说，勿灵勿灵。

文瑜最早是写诗的，后来写散文，曾经在 20 世纪 90 年代前后，他也写了一段时间小说，于是我们也就有了更加共同的话题：小说。

他曾经多次跟我说，你就歇歇吧，不要写了，你的小说高峰，在 90 年代，新世纪前后已经达到了，你再写，也写不过那时候了。

真是一点也不客气。

幸好我皮厚。我才不理睬他，我继续写我的小说。于是过了不多久，他就来提供素材了。说，我看到一个故事，赞的，送给你。或者说，我有一个金点子，灵格，送给你。

可是白送他又不甘心，所以又说，如果写成了，你要意思意思的。

多年来，他隔三岔五就会给我"送"小说，那是他自己对于生活的感受，和在生活中获得了灵感，但是他自己不写，他也不是特别希望我写，他只是要找个人"送送"，浪费了可惜。

他跟我喋喋不休地叙述，有时候我烦他，我说，你不是说我可以歇歇了吗？

他就不好意思地笑了，说，你不会听我的。

确实，我不会听他，我写小说，管它好不好，管它高峰低峰，管它有没有人关注，我总是要写的。

文瑜当然是知道的。所以他一直在关注我写小说。他并不读我的小说，或者说，读得很少，但他是关注的。

有一天他又突发奇想了，跟我说，你写半小说吧。

或者，我一下子就听懂了，也或者，我根本没有听懂。于是我纠缠住他让他跟我讲解"半小说"，他却支支吾吾讲解不出来。文瑜不是个逻辑性强的人，他有的只是直觉直感。这个"半小说"，并不是他苦思冥想专门为我量身定制的，这就是他一时的心血来潮，灵感突降。然后他想到了我，把它"送"给我。

他原来只打算送我这三个字，超过这三个字，他也许就说不出更多了，却不料被我缠上，被我所逼，他后来又强行地挤出一些想法：

就是说，什么都可以写成小说，

打破固有小说模式。

没有小说，我就是一切，我就是掌控者，我想怎样就怎样。

打乱一切。

说得乱七八糟。但却隐隐地有根线牵连着整体。

我仍然不放过他，让他再说得具体一点，他吭哧了半天，被逼无奈，只好说，比如吧，写《香火》的那个你，可以在南京夫子庙吃小吃，或在南京的办公室谈事情。

将虚构的小说随意穿插在生活的真实的内容中。

和原有的小说故事既要有距离、有分别心，又要无距离、无分别心。

随意进出，随意上下，随意来回。

我仍然一头雾水又仿佛于迷雾中看到什么。

许多年来，文瑜就是这样一边"打击"我的写作热情，一边不停地煽动我的写作热情。

说说《下午》

收集在《下午》这部小说集里的文瑜的十六个短篇小说，大多写于20世纪90年代，这些小说中的大部分，我在从前是读过的，读过之后，肯定会和文瑜说点什么的，只是已经记不清说了些什么。今天再读，无语凝噎。

我喜欢文瑜的意境小说，这一类，比如《如意》《水月》这样的，沉得住气，不会让气息轻易散掉泄掉。自始至终，都是水波不兴的，却又是水底波澜的；它们是轻盈的，又是沉重的；它们空灵得让人感到压抑，它们明白剔透，却又雾里看花，等等这些，都拿捏得很到位——不对，那不是拿捏出来的。犹如文瑜为人。他生活，他写小说，更多的不是拿捏，甚至是从不拿捏，他就是直接的，率性的，行云流水的，没有精心设计，却呈现出了精致。

我更喜欢他的状态小说，像《102次列车》《夫妻》这些。这种状态，是无状，是无限，是无穷数，这也是我个人对好的小说的理解和定义。

《102次列车》不到三千字，过去未来，历史与现实，人性和人心，世俗与梦想，生活的无状和人生的无限的可能性，在这短短的篇章里，看似平平淡淡却是尽情尽性地铺展和挥洒。

文瑜的小说里，有许多神来之笔，一如他在生活中，在写诗的时候，都会时不时冒出来的那种机智，那种与众不同的天赋。

> 许先生再抬高眼光，就碰到了从前的自己。脖子上挂着的围巾和长衫翩翩然在轻风里，清瘦的脸庞，双眼炯炯有神采。——《如意》

李萍进了值班室，莫名其妙地转了一圈，又打开抽屉，见里面有一块臂章，上面写着：值班长。

"这是我的抽屉呀。"她想，"对了，值班长不就是我吗？刚才为什么不戴上臂章呢，找得好苦呀。"——《102 次列车》

文瑜的小说是独特的，不可多得的，如同文瑜自己一般。

文瑜是写诗的，他的散文也一样的精彩，但是我知道，他的心底里是有小说的。

文瑜最后的那几天，我去医院看他，他又一口气"送"了三个故事给我。他的身体已经非常虚弱，但是讲这些故事的时候，他精神气十足，两眼放光，还不忘记提醒我说，你欠我的多了，你的哪个小说插图是我画的，你的哪个小说故事里有我的影子，你的哪个小说题目不灵，我叫你换一个，你不换，结果就是不灵吧。

是的，文瑜，我欠你的太多，我要还你的。

可是，文瑜等不及了。

那个下午，文瑜走了。

其实我知道，文瑜一直都在，他一直在看着我们。

文瑜，别闹了，你回来吧，我们想你。

你留给我的小说，我还没有完成呢。

102 次列车

天色已经暗下来，窗外的过道上蓦然一亮，是有人在点香烟，一张外地人的脸闪一下又消失了。

候车室最靠里的一排长椅尽头，竖着的铁皮指示牌上写着："102 次列车，18 点 10 分到站，18 点 30 分离站。"

坐这排长椅的，一定是在等候 102 次列车的旅客。候车室里很嘈杂，各人说着自己要说的话，不说话的有几位靠在长椅上睡着了，灯光最明亮的地方，一个三十出头的男人睡得太香，口水流到胸口，且还在流着。

现在已经 17 点 45 分了，从哈尔滨来的两位旅客开始吃晚饭——面包、豆腐干、花生和酒。

略为年轻的那位，膝盖上还放着一本《读者文摘》。

"哎，外国人真会玩，还有吹牛比赛。"他的嗓音很高，"说是个很冷的地方，说出话来都结成冰了，必须放在炉上烤了以后才能明白说的是什么。"

"咱们也来试试。"

"好。"

两人推就一番，结果另一个手握酒瓶的先说开来。

"一次我带了一瓶酒出门去邻村，到那见村里人全睡在地上，你猜怎么着？那是被我的酒熏的，哈哈。"

"我呀，有一回乘船自重庆下南京，在甲板上一不小心将半瓶酒掉进长江里了，结果鱼虾全醉，水利局一化验江水，妈呀，五十八度。"

"好好，你这个牛吹大了，哈哈。"

服务员过来打扫地面，蓬起的灰尘有几粒明显落进了酒瓶。

"同志，同志，我找值班长。"急匆匆过来的一个小青年，对服务员说。

"在那，检票口两手放在口袋里的。"

"谢谢，谢谢。"

小青年走过去的时候，站在那的人已将双手从口袋拿出来了，虽然站在检票口只有她一个人，小青年还是等到她将双手重新插进口袋后再上前去。

"值班长，我……"

"你找值班长吗？哦，待在这，我去找找看。"

原来不是她，小青年只得站在那里，看着她来回跑了两遍，又走进值班室。

她就是李萍。

李萍进了值班室，莫名其妙地转了一圈，又打开抽屉，见里面有一个臂章，上面写着：值班长。

"这是我的抽屉呀。"她想，"对了，值班长不就是我吗？刚才为什么不戴上臂章呢，找得好苦呀。"

她戴好臂章出门，那小青年还站着。

"值班长找到了没有？同志。"

"我就是，什么事？"

小青年愣了愣说："我的车票丢了，我有急事呀。"

喇叭响起来了："102次列车，已经开始检票，乘坐102次列车的旅客，请按秩序排好队，等候检票进站。"

李萍突然激动起来。

她今年四十二岁，年轻时恋人被打成右派，发配他乡，一去未回，婚事拖到了现在。去年在晚报上征婚，联系上福州的一个叫王建明的技术员，他今天就要乘102次列车到这里来了。

"糟糕，忘了要张照片，连模样都不晓得，怎么个接法呢？"李萍突然想到了这件事。

"同志，同志呵，102次车来了没有？"一个颤巍巍的老头走了过来。

"已经来过了，你回去吧。"李萍没好气地说。

"广播里不是说还没来吗？"

"那你上出口处等去，快去，快。"

老头似乎明白过来，转身去了。

候车室里，102次列车的乘客开始排起长队，渐渐向检票口涌去。有位一手拖着两只大包裹，一手怀抱小孩的妇女，被大家自然地让到最前面。一个平顶头小伙子踩着椅子要插队，民警上去一把把他拖了出来。

"擦干净。"民警指了指被他踩过的椅子。

"是，是。"

"走，跟我到办公室去。"

那人支吾了一下，还是紧跟着去了。

这时手足无措的李萍忽地有了个念头。"对"，她急急赶到值班室，拿起笔写着，又急急赶到车站广播站。

102次列车到站了。

"旅客同志们，旅途辛苦了，欢迎您的到来，下车的旅客请带好自己的行李物品，通过地道进出口处，不要拥挤，不要横过铁轨，违者罚款。"

这时李萍一头撞进广播室。

"小张，快，这个请您播一播，谢谢了。"

初冬了，天气渐冷，夜晚有风，吹得灯光也摇晃起来，刚才的老头立在出口处的铁链门前，像一只山芋，刚挖出土，搁在田埂上。

他每天都来车站，等 102 次列车。三十多年前，他的儿子上了前线，后来有一天突然来信说某月某日乘 102 次车回家。他就去车站了，结果没接着。

以后他就每天来车站等 102 次列车了。为了接儿子，他放弃了城南很舒适的房子，调房调到车站附近的一间小阁楼来，这是十年前的事，那时腿脚已经不太好使了。

其实这么多年来，102 次列车已从银川始发改到天津始发，现又改作福州站开出了。

"请乘坐 102 次列车到站的王建明同志注意了，请您快去客运值班室，有人找。"

广播响了，这条消息一连播了五遍。

出口处门口，准备回家的老头眼前一亮，他看到了向外走来的正是他的儿子——他的右脸颊上，有颗黑痣。

"儿子啊。"老头抖抖地迎了上去。

这当口，客运值班室里吵翻了天，一下子来了六个王建明，都有 102 次车车票，都说广播里叫的是自己，大家各不相让。

最年长的和最年少的以年龄为依据来说服别人，唯一的一位同志以性别为理由力争，另一位王建明本不是在这下车的，去站台买东西，忘了开车的时间，只得乘下趟，东西还在车上呢。

"或许有谁冒充。"

于是大家又忙着掏证件，工作证、学生证、身份证之类的，一下否定了有人冒充的说法。

站在一旁的李萍插不进话，并开始后悔起刚才送那篇启事去广播站的做法来。

"小张也太胡来了，干吗要播五遍呢？"她在心里深深地埋怨小张。

而现在老头正紧紧握住那人的手臂，连声喊着儿子的小名："阿虎，阿虎呵。"

"大爷，你怎么晓得我的小名的？"

"我是你老子呀。"

"啥？不，大爷，你搞错了。"

"怎么能搞错呢？瞧你脸上的黑痣就明白啦，你是不是四十八岁？"

"对呀。"

"属虎的。"

"对的，可我肯定不是你的儿子，我爸爸……"

"哎，孩子……"老头听到一声爸爸，更加激动了，"走，先跟我回家再说。"

"可，可广播里说要我去值班室，我是王建明呀。"

"回家，回家再说。爸爸有许多话要对你说啦。"

客运值班室，有两个王建明先走一步了，他们的理由不充分，且旅途辛苦了，见一时吵不出个结果，便想先去旅馆了，临出门丢下话："这事没完，明天我们还要来。"

车站上的人都认识那老头，他们叫他疯子，以后又叫他老疯子。

成　语

一

玄妙观像个回来的"回"字，三清殿就是回中间的"口"字。三清殿里面有许多老爷，正当中的叫元始天尊。

这两天面馆的生意被人搅了，早上八点多钟，正好是吃客多的辰光，住在面馆对面的李儿就来了。李儿病在家里，心中有些别别扭扭的，就在早上到面馆来读语录。

"现在开始学习红宝书。"

他把小本本掏出来，翻开一页就读。吃面的朋友也赶紧放下碗，从口袋里掏出小本本。

李儿一读就是两个钟头，人家面才吃了一半，几个有急事的就一缩一缩出门去了。

李儿天天来，面馆的生意清淡了许多。

那个年头正好兴造反，徐根宝说："我们也造反吧。"

面店里一共五个人，但五个人也能造反的，只是造反后没什么事体可做。

其实得劲的事全让大造反的占去了，太没劲的小造反也不太愿干，何况也只有五个人，除了开面店，还能干什么呢？

"我们去街上看看吧。"

大家就跟着徐根宝去街上看看。

事情巧就巧在他们到玄妙观，进了三清殿。

"这里怎么没人造反呢？"徐根宝惊喜地想。

"我们来把这东西砸了吧。"徐根宝说。

他就爬到高处，举起斧头（不知怎么会带上了那斧头）。

元始天尊的手臂连根断了下来。

一股热浪涌出，热烘烘的，如一朵盛开的莲花，三清殿里响起"嗡嗡"的声音，由远而近，越来越响，最后震耳欲聋。所有的老爷，身体都动了起来。

掉下来手臂上的五指似莲花花瓣一样伸展开来。

其实这是不可能的。

但另外四个人的确是掉头就跑，岁数最大的老张被石级绊了一下，脚扭伤后，至今还有后遗症。

徐根宝仍待在半空中，他不知发生了什么事，本来还想再砍一下的，看见同事们都跑了，以为外面有什么新鲜热闹的事情，就摸索着下来。

下面什么也没有，他实在也懒得再爬上去，就提着斧头回家，只是斧头沉了许多，且越来越沉，等他到了家里，身子如烂泥一般瘫了下来。

三清殿外面左侧，有一高大的无字碑，碑长四丈，宽一丈余五，你要是在碑底伏下身子，就能听到"哗哗"流水的响动。

洪水滚滚而来，进了小巷，进了大街，进了房屋，房屋长出鳃来，游动如鱼虾，人只好躲到树上去，树枝一摇一摇，吓得要命。

当然老古说法有许多是迷信，上年纪人的说，"不可不信，不可全信"，这比较客观。这块碑千年不动万年不倒，要是碑倒掉，城市就将被洪水淹没。

徐根宝迷迷糊糊躺到床上。待妻子秀芝回到家里，才知他是发高烧了，忙给他吃药。

等到晚上，徐根宝清醒一些，就把白天三清殿的事讲给秀芝听。

秀芝魂都吓掉了，连说："作孽，作孽。"

这年头谁的反不能造？唯独菩萨老爷是得罪不得的呵。秀芝有一块心病，他们结婚五年，一直没有怀上孩子，现在却连男人的性命都难保，平白无故发高烧，定是菩萨作法。

秀芝这么一说，徐根宝也慌了，他是做梦都想要个儿子且一直在努力着。

"唉，怪就怪该死的李儿呀。"

深夜，徐根宝翻来翻去睡不着，就弄醒秀芝："这恐怕是最后一回，我徐家恐怕要断子绝孙了。"想着这个，他的眼眶就湿湿的，并落下两颗眼泪。

几天来秀芝偷偷备了香烛，"阿弥陀佛菩萨保佑"，念叨了又念叨。

没出一星期，徐根宝的烧退了，又过一个月多，这事说出来谁也不信，秀芝去医院，医生微笑着说："恭喜你了，同志。"

他们怀上孩子了，要有后代了。

谁能经得住这样的欢喜，徐根宝立下誓言，一定要上三清殿烧香磕头，要生生世世戴德感恩。

"其实根本没有我的事，我没有作法也不会作法，也不存在赦免不赦免的，我要是能保佑他，为什么不先保佑自己呢？我连自己的手臂都保不住。

"话说回来，想想当初大家敬重我，心里倒是个安慰，也踏实了。说到底老爷菩萨都是人造的，只要你们乐意，我倒无所谓，反正整天坐着，不干什么事，手臂也无关紧要。

"只是千万别到我这里来念阿弥陀佛了，我们是两回事。"

元始天尊想到这里就停下来。

他看到徐根宝又来了，手上还牵个孩子。

断掉的手臂已经修复好。"莫非他又要来砍我？"元始天尊想，"本来装上去也是多余的，人总是没事找事。"

元始天尊将手臂伸展得更舒展些，他是希望一下子了事。

但徐根宝跪下来，磕着头。元始天尊就将姿势坐得端正些，脸上也笑眯眯的。徐根宝站起身，旁边的儿子不见了，四周一望，却见儿子在另一座老爷脚边小便。

他想赶紧喝住儿子，又见那小东西一翘一翘的，像只蚱蜢，很是有趣，就站在一边欣赏起来。

二

1976 年唐山大地震以后，说是苏州也要地震。

王兴有点精神不正常，实在也不是太鲜明，他不过逢人就说自己快要死了，一朵云掉下来压住他，动也不能动，难受极了。原来不是云，是一块石头，所以他每天都睡在床底下，十年前就是这个样子，他这样睡了十年。

原来不是石头，是地震，房子要塌下来了。

"对不对，我十年前就知道了，你们还说我是神经病呢。"

大家都在搭防震棚，沈军军要出去旅游了，他过三十岁，还没谈成对象，倒是积了两千元钱。那时的两千元值钱，足够结一次婚了，不像现在，只可买一套家具，还是没床的。沈军军独自一人无牵无挂，说走就走了。

先乘夜轮船到杭州，再到桂林，再以后还没定。

"我刚才看到一群鸟往北面飞去，浑身墨黑墨黑，这种鸟以前是从没见过的。"

王兴这样对邻居们说，说了好几遍。

一群黑鸟飞过天空，也不鸣叫，或许是顾不得鸣叫，或许是不会鸣叫，它们的翅膀像锋利的剪刀，黑剪刀将白天裁成一片一片的。

阿六最服帖评弹艺人张先生，说大书的吹起牛来谁都爱听，又不收费又在家门口。

张先生只是说弄堂里的事，说报纸上的事，但说得起起伏伏，说得有趣，大家听得有滋有味。阿六也想讲讲，但不知讲什么好，再就是也没人听他讲。

阿六在厂里负责防火安全，市里成立防震抗震办公室，缺人员，就将他调去了。

地震的事情，巷里人就都去问他。

“昨天市里买了一部新的仪器，有一根针，就像我家闹钟上的秒针，这根针一直停在那，一动呢，就是地震了。”

大家就到他家里去看五斗橱上的闹钟，但闹钟的秒针是动着的，秒针在转圈圈，转满一圈，就是一分钟。

“阿六你到我家里去看看。”

陈师母来喊阿六，阿六叫别人等一等，先随陈师母去了。

“你看看我家的房子，还要不要搭防震棚。”

阿六就认真地看了一遍。

“你家的房子是木结构，结实，能经住五六级地震。”

“那么苏州要震几级呢？”

“这谁晓得，反正唐山是 7.6 级。”

“那么，还是搭一个吧。”

防震棚搭到人行道上，一棚接着一棚，里面铺条席子，夜里好睡觉。陈师母还放进去许多饼干，但两个儿子放暑假，白天里将饼干全吃光了。

“难怪连饭也不要吃。”

陈师母骂山门，咒他俩地震震死。

天气越来越热，晚上睡不着，大家就在弄堂口的路灯下乘凉。

一息息风也没有，张先生摇着扇子说：“今年龙年是条火龙，水火不留情，水龙要倒海翻江，火龙要翻天覆地。”

这天半夜，张先生钻出地震棚小便，灯光混混的，他摸摸索索地一头撞到了陈师母横出的木杠上，血流不止，即被送进医院包扎。

“震倒没震，撞倒撞了个半死。”张先生抚着扎紧绷带的脑袋回房间里去，“随便吧。”

张先生的头是一朵白色的月亮。

两千元是蓄了十年才有的，但现在结婚已来不及，沈军军就去游山玩水。

这当口各地都在防震抗震，地震就是脸上的那颗黑痣，紧跟着沈军军，使得他很不开心。

起初，还没有回家的念头。后来在桂林，沈军军做了一个很怪的梦，说是从前他谈朋友的茵茵，在他家门口哭，手臂上还戴着黑袖章。沈军军问她怎么了，她不回答，沈军军伸手去拖她，一拖，梦就醒转来了。

但梦里的事情清清楚楚，他还记得起她的肚子有些凸出。

沈军军很是喜欢茵茵的，茵茵对他也不错，可后来不知怎么却不愿意跟他，他去找茵茵的男朋友，说他和茵茵已经有过那种事情。茵茵的男朋友说："知道，茵茵讲起过的。"他只好怏怏地离开了。

"该回去看看。"沈军军想。

火车隆隆地朝苏州开。

"要是真的如此，还要不要茵茵？"沈军军拿不定主意，一路上都在考虑着这个问题。

原来不是一片云，是块石头，其实也不是石头，是地震。但那群黑色的鸟怎么不鸣叫呢？不会鸣叫的自然不是鸟，那么就是一片云了，一片黑鸟似的云。

这就通了。

王兴从床底下探出头来，像是从地里突然生出的一只荸荠。他站起身，走到门外看看天空，天空空空荡荡，他想找到邻居们，把乌云的事告诉他们，但还是转身进屋去了。

桌上横着一枝大楷毛笔，他就走过去，拿起笔在白墙壁上画了两只似鸟非鸟的东西。

这两只东西动了一下，他赶紧钻进床底下去了。

皮市弄的一个居民，半夜里在防震棚里抽烟，没拧灭的烟头燃起了蚊帐，火势不久便伸展开来。

沈军军看到突然而起的火光，一时间莫名其妙地颤抖着，就急急地往家里赶。他刚下火车，起初见到一切仍是老样子，正有些后悔呢。

消防车"呜呜"地穿街而过，警报声惊心动魄，惊慌的人们以为地震了，揉着睡眼钻出地震棚，向开阔的地方跑去。

沈军军看见陈师傅穿了一条花短裤，就拖阿六看，但此时谁还有这个心思。

有人是急着从楼上窗口跳下来的，摔断一条腿，家里人张罗着要去找消防队算账。

消防队真该死。

大家又开始起劲地寻陈师傅、陈师母的开心，只有张先生房门都没出，他点了一支烟，抽完后熄灯睡觉。

说是要地震的，却又总是不震，巷里的人都说，快震吧，震了倒了结一桩心事。

这无形之中给阿六添了负担，"按理说也该震了。"他想。

近几天围着他问三问四的人似乎少了许多，他的心里有点别扭，就去防震抗震办公室上班。到傍晚传来动静，说城东河里鸭子不肯上岸，而城南的渡僧桥下塘老虫乱窜。这都是地震的预兆，阿六兴奋地往家里赶。

巷里却什么人也没有。

阿六见自己家门口蹲着一个丑孩子。

　　"你是谁家的？"丑孩子不回答他。"走开。"丑孩子就走开了，还掉转头来看他一眼。

　　"谁家的呢？"阿六想，"从没见过这么难看的孩子。"

下午

夫 妻

他将身子挪了挪，见妻子熟睡着，就把脸凑上去，又轻轻唤了两声。

她迷迷糊糊地"嗯"了一下，腾出手将他的脸推开，翻转身去，又睡着了。

他觉得无聊，只好直起身，套起衣服下床。

吃过早点，他把豆浆热在炉子上，再把炉子封好，然后莫名其妙地叹一口气："唉——"，便提着手提包，上班去了。

走过长长的巷子便是马路，马路对面是公共汽车站，他朝两边看了看，快步穿了过去。

等车的好像就是昨天的那几个人。一位孕妇，就是穿大号军装的；一个中学生，他的手里拿一本英语课本，翻到后面的总词汇表，口中念念有词；另一位中年人，他一手托着两只包子，另一手又拿着一只包子往嘴里送。

"昨天也是这副样子。"他心里说。

还有几位等车的没有明显特征，但面子肯定是熟识的。

他走到昨天等车的地方，见地上有两只浅浅的脚印，猜想或许是他昨天留下的，就工整地踏上了上去，正好合拍。

汽车来了。

"怎么又是 09-40197 这趟车呢？"他这样想着挤进车门。

"上车请买票，月票请出示。"售票员喊道。

他猛地觉得很新鲜，售票员以前都是说"车票买起来，月票拿出来"。今天却是新词儿，他很想再听一遍，偏偏售票员再也没开口。

"真无聊。"他小心地说了声。

他是服装厂的工人，具体的工作是给衬衫钉纽扣，一件钉七粒纽扣，胸前五粒，两只袖管上各一粒，每天钉一百件衬衫，七百粒纽扣。

到了吃午饭的时候，打开饭盒盖子，他觉得饭粒很像白亮亮的纽扣，胃里就一阵不适意。

妻子在纺织厂工作，常年上中班，晚上总是他一个人，冷清得很，只能看看电视消磨辰光。过了九点钟，就瞌睡起来，待妻子十点一刻到家，他已呼呼入睡了。

今晚的电视机里，正在播放连续剧，这是个关于爱情的片子，昨晚的一段接吻镜头，到现在还没完结，他竟也触景生情想起了从前第一次吻妻子的事来。心里便有些痒痒。

那时的妻子是多么缠绵呵。

他过了九点而毫无睡意，就甜蜜地合上眼睛，等妻子回来。

过了一会儿妻子回来了，他听到开灯的声音和一些别的声音，觉得妻子的动作很拖拉。待她上床，台钟正好"当、当、当……"响了十一下。

他就猛地抱住妻子。

"你倒一觉睡醒，人家困死了。"

妻子努力地推开他，话音落了没多久，就入睡了。

他似乎进退维谷，但终于背过身去。

这样的日子一天接着一天，一天接着一天。

有时晚上，他走出门去散散心，在家门口的长巷里走一趟。

这天正好遇上妻子中班下班，在长巷里经过他的身边，竟没有认出是他。

但他认出来走过去的是妻子，尽管巷里的路灯不太明亮。一瞬间他莫名其妙地紧追几步，猛地伸出手臂弯住妻子的脖子，又伸过另一只手扭过她的面孔，然后在她脸颊上狠狠地吻了一下。再"唰"地松开、直向深巷跑去。

从前他得过学校里的短跑亚军，等一进家门，他明显地感到当年的基础还在。妻子回到家中，他已经脸不红气不喘了。

"怎么还没睡？"

妻子问一声，就再也没和他说什么。当他上床时，妻子已经睡得很香了。

第二天一整天，他都在回味着昨晚的一吻，心情如初恋，以至在一件衬衫胸前，钉了一长排纽扣都没发觉。

她呢，这几天却有些神思恍惚百思不解。

又是这样的一吻，来得突然去得突然。接连三天都遇上了。起初她以为遇上了流氓，吓得掉了魂，现在又感到不像。

会不会是他？

这一吻刚中见柔，充满活力充满热情，那是很久以前曾经体会过的滋味了，而丈夫是绝对没有如此魅力的。

那么肯定是他了，从前的男友。对，前几天好像听说他已经复员回家了。

她的脸上霎时泛起红晕，并下意识地看了下手表。

她想到因为上班路远，正在联系的调房搬家。

"明天要去趟房管所，撤回调房申请。反正决不搬出长巷了。"她心里说。

一打下班铃，她就急匆匆地拎着小包走出车间。待下了公共汽车，走进长巷，她的心跳得快了起来。

听到身后有脚步声，她以为是他，就屏住气，急切期盼着激动时刻的到来。

脚步声更近更近，接着就超过了她。那是个一心赶路的姑娘。

"应该来了，昨天也是在这个地方，怎么今天……"

没容她想完，一条手臂挽过来。她的身体立即微微颤抖着，并且慢慢地将眼睛合上。

美好而短暂的一瞬。

她想紧跟着他跑，追上去，或者喊他停下，但却迈不开脚步，且喉咙口也发不出声音来。

她若有所失。

一个星期以后，晚上正赶上全运会足球决赛，他是个球迷，早早就坐在电视机旁了。

这是一场惊心动魄的球赛，双方队员跑动积极，奋力拼搏，你来我往打了九十分钟，比分还是0比0。

十点钟是晚间新闻，接下来继续转播加时赛，最后点球决胜负，比赛结束。

好久没有看如此精彩的球赛了，他点起一支烟，细细品味起一幕幕激动人心的场景。

台钟"当当"地敲响了。

他一下被提醒，一看时间，已经十二点了。

"妻子怎么还不回来呢？"

他有点着急，就穿起外套，走出家门。没多久，他看见妻子正死死站在他昨夜吻她的地方。

　　妻子没有发现他，她正在殷切地等待着，心里想道："他一定会来的，这是多么美妙生动的一吻呵，他一定会来的。"

故事新编

金——故事新编之一

金是张金。

张金是唐朝诗人张继的后人。

星期三是厂休，张金去新华书店，见到书店的柜台里有一本《六体书唐诗二十首》。张金就让营业员拿出来翻翻，一翻二翻，眼门前跳出了"月落乌啼"，张金脑子一转，有了个念头。

时下社会上讲开放，兴搞活，开放就要多看，搞活首先要脑子活。张金便请了两个星期假，在家里苦练书法。他只练《枫桥夜泊》的二十八个字，翻来覆去，真草隶篆，架势搭得倒有点样子了，张金就带上笔墨，来到寒山寺门口。

前来寒山寺游玩的人真多，买张金字的也不少，大部分是东洋日本人。他们信"月落乌啼"，又是张继的后人，且价格便宜，日本人最善于见缝插针，这样的好机会怎能错过呢？

生意兴隆，赚的钱多，日子自然好过，张金的心里好不得意。只是美景不长，没多久，工商局取缔无证摊贩，张金没办过执照，也一并给取缔了。

再回到工厂去赚死工资太憋人了。好心的朋友劝他何不将祖上留下的东西转到文物商店去，这也是一条生财之道，且比写字更容易。

张金顿时醒悟了，回到家翻箱倒柜，终于找出几件玩意儿来，一本张继手书的诗卷，一段用剩的墨及一把张继挠痒的不求人。

这三件东西居然换了四千多元，张金乐不可支。之后又寻到几件，也得了几千元。

只是钱这玩意儿，来得快，去得也快，一年有余，张金又几乎一贫如洗了。

再也找不出和张继有关的东西来，张金垂头丧气地走到街上，不知不觉，竟又来到文物商店门前。他下意识地迈进门去。

"你来啦，我们正准备搞纪念建城二千五百年重要文物展览，你有什么新东西吗？"

"我……"

那人不怀好意地笑了笑。

"我，我是张继后人，算不算重要文物。"

"这，我可要请示一下。"

那人返身去了里间，没一会儿又出来，开了一张票，让张金去财务科领钱。

两个星期后，张金来到文物商店，就有一个美工过来，用图钉将他钉在店门口的广告牌上。张金身体的一边是著名书法家书的"纪念苏州建城二千五百年重要文物展"。

开幕的那天，市政府领导来剪彩，大家从张金身边走过，张金只好露出些微笑的样子。

只是这样的遭遇没几天张金就吃不住了，且不说枯燥乏味，就腰酸背痛也是够他受的。

张金就趁着一个雨夜，走下广告牌，悄悄溜走了。

文物商店四下寻找，仍无下落，最后在营业范围的备注中记下："类似文物，今后概不收购。"

木——故事新编之二

李木奔过地道，正听到开车的铃声，他一踏进车厢，火车就启动了。

因为是起点，空座位不少，李木就选个靠窗的位子坐下。窗留着一夹缝，风从窗口窜进来，打在李木脸上，李木觉得很惬意。就无意义地看看窗外的景色，最初还没反应，只是一瞬间觉得火车是向南跑的，便很认真地体会一下，然后他实实在在地明白，自己乘错车了。

"乘务员，我是往南京方向呀。"

"那谁让你上这趟车的呢？"

乘务员推着小卖车经过。

李木想实在也是这么一回事，就决定一停车就下去，或许还能赶上时间。

火车没有马上就停下来的意思，只认认真真向前跑着。

火车是一副不知疲倦的样子，到后来才停下来。

李木赶紧夹起提包下车。

另一列火车刚巧启动，朝另一个方向去了。

和李木同下车的是几个挑着担子的农民，车站里面是空落落的。他们相随着而行，李木支支吾吾地出了出口处。

"总算把你等来了。"

一位戴着眼镜的中年人，赶上前抓住了李木的双手。

"不，我不是……"

"您是从苏州来的吧？"

"是呀。"

"那就对了嘛，我们县长已经等了你好几天了，走，上车。"

那人指了下停在一边的小轿车。

李木想总归能够说清楚的。

县长看上去很慈祥。

李木刚要开口，县长笑眯眯地一摆手："今天不谈工作。"然后递过来一支烟。

"工作几年啦？"

"十三四年？"

"不错不错，老师傅啦，成家了吗？"

"成了，有个女孩。"

"怎么不一起带来玩玩。"

"这……"

"不过也没什么，生活上我们会照顾好你的，先生活后生产嘛。"

李木再想讲清楚怎么回事的时候，那位戴眼镜的中年人进来叫吃饭了。

他是汪秘书。

酒席异常丰盛，在李木的记忆中，这是他有生以来尝到的档次最高的宴席。

李木并不贪杯，但他们太好客了，然后李木就迷迷糊糊醉去了。

第二天李木才知道，他是被请来设计园林的。有一个规模不小的工程队专门听他调遣。

"我是乘错了车，我原来不是……"

李木对汪秘书说。

"知道，知道，那趟车如果再接不到你，我准备四下苏州了。"

接着汪秘书就将设计科长介绍给李木，设计科长是个急性子，提出来马上请李木去熟悉一下地理环境。

小汽车就停在楼下。

到晚上，睡在舒适的席梦思上，李木反而平静了，他几乎没有了去说清楚这件事的念头，甚至觉得试着设计一下也无妨。

于是他的脑子里冒出拙政园狮子林之类，亭台楼阁，小桥清池，回廊草木等。

狮子林假山装叠得太多太密，让人喘不过气；拙政园前园结构蛮合理，后园太空落了，缺少内容……

清池碧荷，鸳鸯戏水，书屏楹联，雕塑画廊，竹园，梅桩，桃林，菊坪，以及小卖部茶室，联防队办公室厕所。

第二天，在预备会上，李木的设计方案得到了大家的认可和一致赞誉。

一年以后，园林顺利竣工，向全社会开放，得到各方好评。苏州园林局慕名前往，得到的专有评议是：神似苏州园林，但有改进，见发展，更丰富。

县长听到这些，笑眯眯将脸掉向李木，李木就点了点头。

寒山寺

它比匕首长一点，比双剑短一些，看上去很混沌，却能削铁如泥。

木川根本不知道这枚剑是无价之宝，但木川良喜欢它。木川是司令官的贴身警卫，他佩着剑跟在司令官后面，司令官也显得很精神。

木川是日本帝国的剑道高手，他很希望在辽阔的中华大地上一展他的雄姿，却没有料到一踏上中国的土地，司令官就病了，他便只好随其到苏州疗养。

这枚剑是他的朋友在一次扫荡中获取的战利品，后来又转到了木川的手上。

闲着的时候，木川就把剑拿出来，搁在阳光底下，直到剑上泛出灿烂鲜艳的光芒。深夜了，再将剑浸在冷冷的月光下，这枚剑便又透出一股逼人的寒气来，寒得令人打战。木川就缓缓地举起剑，轻漫挥舞。

这时候不远处钟楼"嗡嗡"荡漾的钟声，蓦然而止，似被剑气活生生截断了一般。待木川收剑定息，钟声又悠悠地响起了。

木川的心里涌起了一股激动。

数十天以后，是除夕了，木川随司令官一起去寒山寺听钟守岁。

他们一行显得很英武，因而寒山寺附近，可以关的门窗都紧闭着，可以走掉的人也全走掉了。

只有东方，东方是一个白胡子的老头，东方颤颤巍巍地缩在寒山寺门口。

"你的，对皇军大大的友好，良民良民。"司令官乐呵呵地拍拍东方的肩膀。

"我是瞎子，你没看出来？"东方赶紧说道。

司令官的脸色一下子沉了下来，他下意识地看了一眼木川。木川就跨上前一步对着东方说："那你现在可以逃跑了。"

"刚才能轻轻松松地走掉我都没离开，现在还不知能不能走脱呢，还不如干脆留在这儿吧。"东方淡淡地说道。

"八嘎呀路！"司令官轻轻地骂了一句。木川便上前使劲推了一把东方："滚开。"东方的身体晃了两下，却根本没有倒下的意思。木川又更使劲地推了一把，东方依旧没有太运动。

"嗖"，木川潇洒地抽出剑来，摆了两下，顷刻间，剑已经化成了飞溅的光芒，剑花像萤火虫那样，落满东方。

司令官一行，无不为木川高超的剑术称绝叫好，除了木川。

木川本希望一剑既出便在东方身上镶出七十二瓣花朵，可一路剑舞下来，眼前的老头丝毫没有被伤到，这个瞎老头只闪了闪，就避过了木川全部的锋芒。

"好身手，好身手。"东方赞不绝口。

"你是瞎子，怎么看得见。"木川边说着，边将剑舞成一个

下午

寒光凛凛的银球，他和东方的身形，全笼罩于银球之中了。

"他们都叫好，我也说好。"

东方说这话时，银球已经不翼而飞，剑也落到他手中了。

东方伸举起手，拨出下巴上的一根长须，再轻轻吹一口气，长须挺直起来，东方就将长须作弓弦，配着剑，奏出了几缕清音。

寒
山
寺

六楼看下去

一

城市的早晨大抵如此。

太阳照例是从东方升起，宽畅的大马路上，车来人往。

四岔口交通灯由红变绿，周文伸手拨动离合器，5路公交车穿过马路，汇织在车流之中。

车子停靠在站牌边，乘客们上上下下，车门关起的时候，扩音器里传来很机械的女声："上车请买票，月票请出示。"

周文的手搭在方向盘上。5路车由近而远。

终点站就是公交公司的停车场，最后一个乘客下车而去。周文摘下白手套，打开车门，跳下车，顺手将门关上，然后急急奔向马路对面，那儿是另一班公交车的站牌，刚好一班车到站，周文一大步跨上去。汽车缓缓开动。

他是要上街道办事处去。

周文迈进街道办大门，再一转身进了民政科办公室。一对男女坐在办事员对面，办事员正在循序善诱地说道："不就打碎了一只碗嘛，为这么一点小事……"

周文上前说道："同志，我……我来拿证书。"

办事员朝周文看看，还是掉过头对着小夫妻，办事员说："为这么一点小事就闹离婚，也说不过去呀，是吧？"

女人是一副很伤感的样子："碗打破了可以买新的，感情破了就只好分开了。"

男的说："你看你看，又在借题发挥，酸不酸？酸不酸？"

周文还有很着急的事，他要拿了离婚证书去给张露，张露要到日本去了，就是今天的班机。

"对不起，我来拿个证明。"周文说道。

办事员边打开抽屉翻找边说："都木已成舟了，你还急什么？"

办事员是一种很善良的心思：你周文反正离也离了，而这一对还有挽救的希望呢。

周文见她递过来一张证书，问道："她，来过了？"

办事员："来过了，拿走了。"

周文接过证书转身急去。身后传来办事员的声音："签字，要签个字的。"

课间的校园，丹丹和小朋友在一起玩得很开心。丹丹是周文和张露的孩子，丹丹感觉到她的父母之间好像是出了一点事，但她不能说清楚究竟是什么，所以她还是很开心地玩着。

张露站在校外的人行道上，看着丹丹，一往情深又心情复杂。

上课铃响起，丹丹和同学走向教室，张露返身上了停在路边的一辆轿车。

"走吧。"张露说道。

轿车转了几个弯，上了机场大道。

没有多久一辆出租车在学校门口戛然而止。

周文边跳下车，边说了句："等我一下。"

周文直直闯进丹丹的教室，老师和同学都拿惊奇的目光看着他。周文也不理会，一把拉起丹丹就走，走到出租车边，将丹丹塞进车里，自己坐在前面，将门一带。

"快，去机场。"

坐在出租车上的周文不断地催促。出租车司机想，我已经是够快的了，要让汽车去追赶飞机，这怎么可能呢。但司机没有把这样的话说出来，他只是兢兢业业地开车。

车一停住，周文拉起丹丹的手急忙地跑去。

周文说："快，快一点。我们快一点。"

铁丝网挡着的，是宽大的机场，一架架飞机停在那儿，一副无动于衷的样子。周文和丹丹赶到，正好一架飞机向天空飞去。

丹丹对着飞机挥起手，像是打招呼，又像是再见。

"妈妈，妈妈。"

周文久久地望着天上，天高云淡。

其实我们要说的故事，是从现在开始的，因为我们要说的是张露离开以后才发生的事情。张露离开以后，周文还是开公交车。

5路公交车靠站了，下午放学的丹丹挤到车门口。丹丹的脖颈上挂着一把钥匙，手臂上戴着两道杠的中队长标志。

"爸爸。"

周文掉过头来，丹丹用手指了指中队长标志。

"我选上中队长了。"

周文朝他挥一挥手，丹丹调皮地一笑。

"师傅，"一个乘客说，"这是你的女儿呀。"

"是的。"

"长得蛮漂亮的。"另一个乘客说。

车到了丹丹下车的站头，丹丹向周文挥挥手："爸爸再见。"周文看着女儿跟着人流下车，紧跟着喊道："晚饭焐在锅里，做完作业早点睡，不要等我，听见了吗？"

"我知道了……"丹丹已经下车了，一阵风吹过来，红领巾飘起来，挡在丹丹的脸蛋上。

"烧好后别忘了把煤气关掉。"周文补充道。

"哎呀，"一个乘客抱怨起来，"还不开车。"

周文坐在高高的驾驶座上，看着女儿像只小羚羊般灵动活泼走在街上，走在人流里。

"你女儿真乖。"一个乘客说。

"现在这样懂事的孩子不多的。"另一个乘客说。

"我们家的孩子十五岁了，洗脸要他妈抓住了帮他洗的。"再一个乘客说。

走在人行道上的丹丹突然回头向父亲笑了一笑，周文心头悠悠地颤了一颤，周文怎么可能想到，这是女儿留给他的最后的笑容。

周文今天要连班，跑了三个来回，他就将车驰进了公司加油站。车在加油机前停下。

周文说："加满。"

加油工边加油边和周文招呼："中班呵，周师傅？"

"哎。"

"跑了几趟了？"

"还有三个来回呢。"周文说着掉过头去，看到前面空场地上齐崭崭停了好多新车，全是新车，一下子进了这么多呵。

"还有的正在路上呢，这不是要成立集团公司嘛。我听说你们还要招了标，竞了争才能上岗，有这一说吧？"

"明天，明开上午开会，公开招标，竞争上岗。"

周文边说边挥一挥手，将车发动起来。

这一天终于忙完了，周文是拖着双脚踏上楼梯的，在黑暗中打开自己家的大门，屋子里也是一片黑暗。

"丹丹，丹丹，我知道你在装睡的。"

屋子里没有反应，周文顿了顿，自言自语地说了句："真睡了。"

周文打开灯，饭锅子还在桌上，开出盖来，饭菜全没有动过，周文的眉头微微一皱，掉过头去看，丹丹睡倒在沙发上，一边的写字台上，摊开着做到一半的作业。周文赶紧两步走上前去，摸丹丹的额头。

丹丹微微睁一睁眼，喊出一点点声音："爸爸。"又睡过去了。

"丹丹，你在发烧，丹丹，丹丹。"

周文抱起丹丹出门下了楼梯。他的身后，门关上去，"砰"的一声在深夜特别清晰。

二

医生丁小君今天值夜班，所以要在家吃晚饭的。傍晚的时候，丈夫刘雪楼回来了，他一副兴奋的样子，进门就说："公交公司要成立集团公司了。"

丁小君稍有些奇怪地看了看刘雪楼，刘雪楼又说："他们要搞个大的活动，今天来谈的，请我们排一台戏，有机会了。"

刘雪楼在群众艺术馆做评弹辅导老师，辅导学员演戏唱戏，现在有很多人想学表演，其实想学倒是不难，培训学校、培训班遍地开花，只要交一点学费，进去就能学到东西，可关键是要有机会实践，要有机会去演出，这是很难的。自己组织演出，哪怕演员不要报酬也很难，因为没有人来看，就没有门票收入，场租费却要照付，这样就入不敷出了。所以没有人肯做这样的事情，所以要学表演的人也就没有机会去表演了。

刘雪楼兴奋的情绪也多少感染了丁小君，她笑了笑说："今天你高兴，碗归你洗了。"

"小事一桩。"刘雪楼说。

丁小君吃过晚饭就去医院上班，她是内科医生，工作一向认真负责，业务上也是医院的尖子，与人好相处，在科室里颇有人缘。晚上六点准，她来到值班室，换上白大褂，就开始上班。

夜里来挂急诊的病人不多，丁医生正和护士小张说话，周文背着丹丹奔了进来，他急促地喊着："医生！医生！"

丁医生抬头看时，这个男人背着一个十来岁的女孩，丁医生从他紧锁的眉头里看到了一个父亲对女儿的疼爱和担心，丁医生温和地说："你放心，到了医院就好了。"

周文果然松了一口气，他根据丁医生的指点，把丹丹放在病床上，护士给丹丹量体温的时候，周文紧紧地攥住女儿的手。丁医生根据她的诊断，告诉周文："没事，你女儿得了流感，用点药就会好起来的。"

"要挂水吗？"周文问。

"要的，"丁医生指了指观察室，"在那里挂水。"

丁医生开了药，护士给丹丹挂上，一切都平静下来，医生和护士回到值班室，周文就陪着丹丹在观察室，观察室有别的病人和家属，他们互相关心着情况，他们看到周文一人陪着女儿，就产生了一些想法。

"她妈妈上夜班？"一个病人家属问。

"是的。"周文说。

一滴，又一滴，时间就在点点滴滴中走过了，周文打了一个瞌睡，突然惊醒过来，发现丹丹的第一瓶水已经挂完，已经换上了第二瓶，他四周看看，大部分陪病人的家属也都昏昏欲睡，只有一个妇女醒着，周文向她点点头，表示感谢，妇女却有些忧心地指指丹丹，周文摸了摸丹丹的额头，仍然烫得吓人。

下午

天色渐渐亮起来了，护士走进病房，将灯关掉。周文有一点儿不安。

"丹丹，丹丹。"

丹丹没有反应。周文返身去到走廊上，来回踱着步子，终于下定决心，走进病房，来到丹丹床前。

"丹丹，丹丹，爸爸要去一下单位，去一去就来，好不好？好不好？"周文明知道丹丹是不会回答他的，他这么说一声只是求得一种心理安慰。说完以后，就朝门外去，走了两步又回过头来，却看到丹丹突然抽了一下身子，周文连忙赶过去。

"丹丹，丹丹，丹丹你怎么啦？"

老医生带着护士走进病房，来到丹丹的床前。老医生做了一通检查，眉头锁了起来。

老医生说道："拿病历来。"

护士返身出去以后，拿了病历交到老医生手上。老医生展开看了以后，又试了试丹丹的额头。

老医生将病历交到护士手上："马上抢救。"

护士推着轮床过来，抱上丹丹，推进急救室去，急救室的灯亮了起来，医生护士出出进进。

周文一下子惊呆住了，一副不知所措的样子，见着医生护士从急救室里出来进去，周文想喊住他们："大夫，大夫。"

医生和护士急着忙自己的事，谁也没有理他。一个护士出门来，将一张纸条交到他手上："去前面办个手续。"

周文接过来，焦急地询问道："大夫，孩子要紧吧？"

护士回头看一眼急救室："正在治疗呢，你先去办个手续。"

周文放心不下地掉头而去。

丁医生正趴在桌子上打瞌睡，她似乎做了一个梦，梦见一个孩子对着她哭，边哭边喊道："你还我，你还我。"梦中的丁医生有些莫名其妙，"我还你什么？"她说。

丁医生的梦被周文吵醒了，她急急地来到观察室，并且一下子想到了刚才那个梦，她的心忽悠了一下，她感觉到它在慢慢地往下沉，往下沉，似乎要沉到她自己所不能够把握的地方去了。

丹丹患的是急性脑炎，由于丁医生的误诊，耽搁了抢救时间，医院里一阵手忙脚乱，当丹丹被推出抢救室的时候，窗外已是阳光灿烂。

三

华灯初上的时候，丁小君独自一人心事重重地缓步走在人行道边沿。她的脑子里，又记起了下午找到医院院长时的谈话。

"院长，我真心接受院里的处理。"

"处理？怎么处理？是开除你公职还是扣你的工资奖金？你断送了的，是一个孩子一生的幸福。"

丁医生想到这儿，眼眶里的泪水忍不住落了下来。

丁小君推门走进家里，刘雪楼正专心地在打电话。

"……这几个虽是业余，唱起来却是字正腔圆，不如要她们唱一只开篇，……或者用小朋友行不行，我们向阳花少儿评弹班上，倒也是有几棵好苗子的，……要不就上一个小组唱吧……不是人家要听不要，我们总要守住这块阵地的吧，是不是？是不是？……好，再研究，再研究。"

刘雪楼放下电话，依然低头看着手上的名单。他在偶一抬头的瞬间，看到了丁小君："小君你回来啦？晚饭吃过了吧？"

"不想吃。"

刘雪楼"哦"了一声，翻着手里的纸。"不行，我给局长打电话。"

丁小君叫了一声："雪楼。"

刘雪楼抬头看丁小君："怎么啦？你脸色不大好哎，一定是累了，早点休息吧。"

"雪楼，我出医疗事故了。"

刘雪楼道："怎么会的呢？你要当心点的呀。"

刘雪楼随口说着就拿起听筒去拨电话："喂，我找赵局长……不在家呵，我是文化馆刘雪楼啊……好，好，我明天再找他吧。"

丁小君在刘雪楼对面的沙发上坐下来，这时候她很想有个人说说话，偏偏刘雪楼只想着自己那一摊子事，也想对人说一说。刘雪楼放下电话抬眼看到丁小君坐在自己面前。

刘雪楼说："公交公司要成立股份有限公司，请我们组织一台文艺节目。他们要上流行歌曲上小品，我不反对，我说上一段折子戏却不行。我说上个开篇吧，也不行。上个小组唱总可以了吧，也不能一个评弹节目也没呵，你说是不是？这是地方特色，也是传统文化呀，是不是，小君你说是不是？"

丁小君站起身来，往房间里去。

"小君你累了吧，累了就早点休息吧，我再往赵局长家里打个电话试试。"

丁小君已经进了房间。

刘雪楼拿起电话自言自语："我要找赵局长，赵局长还是支持评弹工作的。"

四

周文急急地走进公司大门，刚好 5 路公交车驰了出来，直向马路而去。

"哎，那是我的车，停下来，快停下。"

车子毫不理会地开远了。

"怎么回事呵？"周文自言自语地说了一句。

周文走进办公室，正坐在办公桌前的主任抬头看到了他。

"主任，我的车……"

"是周文呵，我还正要找你呢，坐，坐。"

主任起身来给周文倒水，并放到周文面前，然后将一只手搭在周文的肩头。孩子的事我们都知道了，我和工会主席约了这几天要去你家里探望呢。"

周文急急地说道："主任，招聘的事……"

"我正要和你说说招聘的事呢……喝，喝水。这一次成立股份有限公司，公交车线路由原来的三十五条，扩展到六十八条，公交车也由原来的二百多辆增加到了五百多辆；看上去是线路多了，车辆多了，岗位也多了，其实不是这么一回事，因为这次招聘是面向全社会的，我们原来的职工只是在同等条件下优先，所以……"

周文急了："那我……"

"不要急，你听我说嘛，你现在的情况也很特殊，特殊的情况我们自是应该特殊对待的，你没有参加招聘，我们直接安排了，你就跑20路，怎么样？"

"跑北山？"

"你看行不行？"

周文立起身："行，我去。"

周文坐在方向盘前，有一些别别扭扭的感觉，开始他想，也可能好久没有跑乡镇公路的缘故，但很快就明白过来，不是这么一回事情。

公路的一边在修路，车子堵在那儿，成一条长龙。周文不耐烦地使劲按了几下喇叭，在公路上喇叭声苍白无力。

这一天似乎特别漫长，周文下了班急匆匆走上楼梯的时候，有了一种心力交瘁的感觉。到家门口掏出钥匙，听到里面有声音，周文轻轻打开门进去，里面是丹丹和她的同学在一起。她们也没有发现周文的到来。

丹丹手里拿着中队长的标志自个儿坐在写字台前在玩，有三个同学围在她的身边，她们还想辅导丹丹的功课。

"丹丹，这不是玩的，这是戴在手臂上的。"一个同学边说着边拿过丹丹手里的标志，戴在丹丹的手臂上。丹丹无意识地笑笑。

另两个同学手里拿着课本："我们还是来辅导丹丹做功课吧，丹丹你听着呵，二（1）班40名同学种了25棵树，二（2）班种的树是二（1）班的1倍，二（2）班种了多少棵树？"

丹丹似乎听懂了，手举到面前，手指一扳一动，同学以为她在计算呢，都拿股切的眼光看着她。隔一会儿丹丹抬起头，一副茫然的样子。

"丹丹你肯定是思想开小差了。"

"怎么搞的呢，这样简单的题目都做不出来。"

"丹丹你可是班干部，要严格要求自己的呀。"

同学们你一句我一句说着，周文终于忍不住地向那边走去。同学们听到他的声音掉过头来。

"叔叔。"

"叔叔，我们来辅导丹丹功课的。"

周文说："谢谢你们了，丹丹暂不去上学了。"

"为什么？是不是你下岗了，交不起学费了？"

"我们可以募捐的呀。"

"不是，都不是。"

周文说这话时，掩饰不住心里的痛苦，同学似乎感觉到了，相互望一眼。

"那我们走吧，叔叔再见。"

周文诚挚地点一点头。同学们出门去，刚把门关上，传来了门铃声。周文打开门，门口站着的，是丁医生。

周文脱口而出："是你……"

一时间周文愣在那儿了，丁医生平和地等在那儿，觉得周文要爆发了，但她是愿意忍受一下，这样可以心情好受一点。

周文内心一阵起伏以后平静了，默然地打开门，侧过身体，让进丁医生。

丹丹明显地傻着了，手里拿着中队长的标志，在认真地把玩着。丁医生一阵冲动，就要走上前去。

周文急忙地说道："不要碰她。"

丁医生回过头来，木偶似的待在那儿。周文走到丁医生面前，两人对视着。

"我不知道会这样，真的，我不知道会这样的。那天晚上全是急性感冒病人，周丹丹也是这个症状，我……"

周文打断了她："对不起，你还是走吧。"

丁医生没有办法了，只好往门外去，走了两步，又回过头来："其实，其实脑炎和感冒的症状还是有区别的，那一天我要是细心一点就好了。其实，其实半夜里孩子高烧不退，我就该警觉到的。"

周文走到丹丹身边，抱着丹丹的头抚摸着："我们不怪你，你走吧。"

丁医生无可奈何地正要掉过头去，丹丹突然开口了："阿姨，阿姨。"

大家愣了一下，丁医生激动地奔走过去，很兴奋地对着周文："她叫阿姨，她在叫我阿姨。"

周文和丁医生同时再去看丹丹，丹丹正毫无感觉地在玩耍着中队长标志呢。

周文缓缓说道："要是当初去了另一家医院，要是看的是另一个医生。丹丹就不会有事了。"

丁医生一阵难过："我，我对不起你们。"

周文没有去理会丁医生，只是下意识地护卫着丹丹，好像生怕她再受到什么伤害。"丹丹，丹丹，是爸爸对不起你。爸爸要请最好的医生给你治病，你一定会好起来的，一定，一定会好起来的。"

周文忘乎所以地对丹丹说着，完全忘记了一边的丁医生，丁医生看着父女俩的那一副相依为命的样子，默默地退出屋去。

丁小君漫无目的地走着，她甚至不知道自己是怎么回到家里的。丁小君推门走进去的时候，刘雪楼正专心地在打电话。

"……说是这么说，不过在整台节目中也就插一个开篇呀……可评弹艺术毕竟是传统文化中一朵美丽的小花，对不对？其实这几天我也正反复考虑着这个事呢，我们可以来一个评弹联唱，这个形式还是比较新颖的，你看……好，好好，我等你们研究。"

刘雪楼放下电话，抬头看见了丁小君。

"你回来啦？你的脸色不太好哎，是不是累了？"

"我去他们家了。"

"谁？谁家？"

"那个孩子家里。"

"哪个孩子呀？哪个孩子？"

丁小君突然什么也不想说了，刘雪楼看着她也不追问。丁小君返身要往房间里去，刘雪楼突然想起什么。"哎，小君，下星期我们有一台文艺节目，我设计了一个评弹联唱，很新颖的呢，你来看演出吧。"

丁小君不知说什么才好。

五

又是一个清早，就在20路公交车起点站上，车上乘客已经坐满了，大家等得也有点不耐烦。

说是八点钟开车的，都八点半了，还不走。

"人家的工作都耽误了。"

"公交公司怎么回事呵？"

售票员听不下去了，"要称心呵，要称心去打的，我们公交公司就这么回事。"

"什么态度？像话吗？"

此时周文急匆匆地赶到了："对不起大家，家里有事，我迟

到了。"

周文说着就坐到驾驶台前，发动起汽车，他的身后传来了别人的议论。

"你有事我们也有事呀。"

"我要上他们领导那去投诉的。"

以后的几天里，这样的事情还是接二连三地发生。公司带来信息，要周文抽空去一次。

周文回到公司的那一天，正好赶上庆典。公交公司锣鼓喧天，彩旗飘舞，人头攒动，门楼上有条大幅标语：热烈庆祝巴士股份有限公司成立。大家都是一副忙忙碌碌的样子。

但这一切好像和周文无关，他挤过人群，向办公室而去。

新搭起的舞台，台后是排练场，演员们正在做最后的准备。

刘雪楼走到一小演员边上："不要紧张，放松一点嘛。"然后转头对小演员们说道，"台上三分钟，台下十年功，大家的基本功过不过硬，就看今天的演出了。"

小女孩子演员甲正在认真穿旗袍，但不会扣扣子："刘老师，这扣子怎么扣不上呀？"

刘雪楼过去，替她扣好，拍拍她的头："你待会不要抢拍子，记住啦？"

办公室里，主任正在接电话，周文坐在一边。

"……老书记呵，不是我不给面子，现在的体制就是这个样子的，我不是不肯帮你，而是不能帮你，……好，好好，改天我来登门谢罪，好，再见。"

主任放下电话，对周文道："肖峰，肖书记的儿子，没有招上标，下岗了，怎么弄？没法弄，新公司刚成立，公司的形象是最要紧的，让你跑20路，这么多的投诉，实在话，我们也是有压力的。"

周文欲言又止。

主任接着说："我知道你有具体困难，可这工作的矛盾和家庭矛盾总要协调好呀。你们家张露也是的，好好的，非要跑日本去学电脑，中国就不好学啦？我看日本人还跑中国来开电脑店呢，真不知她怎么想的。"

正此时拿着节目单的刘雪楼和秘书走了进来。

刘雪楼很着急地说："主任呵，你一下子要撤掉这么多节目，让我怎么向观众交代，又怎么向演员交代？"

主任接过节目单在看。

秘书上前道："龚总关照的，领导还有事，讲了话就要走的。"

主任放下节目单："那就撤吧。"

刘雪楼更急了："怎么可以？怎么可以？原来不是说好的吗？"

"原来是原来，现在情况变化了，我说刘老师呵，你放心，报酬我们就按原来的给，那是一分也不会少的。"

"这可不是钱不钱的问题哎，要说这个档次的演出，这一点报酬是远远不够的；要说为了文艺事业，我们就是分文不取也行。"

秘书不解地道："你这人……"

主任打断他："好了好了，刘老师，先让领导讲话，讲话以后，你们再接着演出，我看就这样定了吧。"

刘雪楼顿了顿："这样行，这样也行呵，那我就去准备了。"

刘雪楼拿过节目单出门去，秘书也跟着出去了。

主任一抬头看到周文："你的事，周文你看这样好不好……"

周文立起身来："我想好了，孩子我不能不管，我，我想辞职。"

"辞职？你可想清楚了，这铁饭碗打碎了可拼不起来的呀。"

"我，我想好了。"

周文的脸上是一副义无反顾的神情。

而此时的舞台之上，领导刚讲完话，在大家热烈的掌声中，领导挥手走下台来，钻进小车而去。大家也乱哄哄地散去。

刘雪楼在后台看到了，心里一急："怎么走了呢？怎么都走了呢？演出还没有结束呀，得告诉他们还有演出的呀！"

谁也没有理会他，大家仍忙着撤退。刘雪楼跑到舞台上，拿起话筒，大声喊着试图挽留大家观看接下来的演出，可是下面的人没有丝毫反应，刘雪楼反应过来是话筒没有打开，连忙拨了一下开关。

"大家不要走，大家不要走开，请大家坐好了，我们还要演出，演出还要继续进行。"

在他的呼声响起时，有人回头看看，又继续走了，没一会场子里几乎是空了，只有几个上年纪的退休工人和几个孩子。

一个演员悄无声息地来到刘雪楼身边："刘老师，我们还演不演？"

刘雪楼坚定地说："演。"

坐在家里的丁小君正打开电视，画面上是："庆祝巴士股份有限公司成立大会"，镜头移下来是几个身着旗袍的女孩子正好将琵琶弹响。女孩子美丽的笑脸又勾起了丁小君的心事，她立起身关掉电视，出了门去。

六

要给丹丹看病，必须赚更多的钱，这一点周文在心里早就盘算过了，所以从公司里一出来，他就往火车站广场出租车的停车处而去。

周文有一个叫小冬的师弟，是开出租车的，周文找到小冬商量，让他开夜车，就是待小冬收工以后，将车子租给他。

小冬靠在出租车上想了想："行呵，师兄你开了口，还有什么说的，夜里把车交给你，晚上七点到早上七点。"

"只是价钱……"

小冬说："你不要说了，这年头都不容易，二百，就二百一天，我这可是跳楼价了。"

周文说："那，谢谢你啦。"

"什么呀，你还跟我还客气，走，上车吧，我送你回去。"小冬的车在周文家楼前停下来，周文下车。

周文说："谢谢你了，小冬。"

小冬说："别再谢了，七点钟我把车送过来。"

"好，再见。"

周文看着小冬的车远去了，再掉过头上楼去。而这个时候，丁医生正好在周文的家里。

桌上是一个装着新衣服的盒子，丁医生正在为丹丹换好新衣。

丁医生殷切地看着丹丹，问道："丹丹，漂不漂亮？"

丹丹仍是一副呆呆的样子，拿起衣服上的扣子在玩。丁医生心里一下子怅然。

丁医生是对丹丹说，又像自言自语："丹丹好孩子，丹丹真漂亮哎。"

丁医生从自己的小提包里拿出一本书来："丹丹，丹丹，阿姨讲故事给你听，好不好？好不好？"

丁医生打开书，念了起来："天气冷得可怕，正在下雪。黑暗的夜幕开始垂下来了，这是这一年最后的一夜，新年的前夕。在这样的寒冷和黑暗中，有一个光头赤脚的小女孩正在街上走着……"

周文推门进来，丁医生没有发觉，继续念着。周文由卖火柴的小女孩，一下子联想到丹丹，听丁医生念着，没有去打断她。丁医生发觉身边有人了，才抬起头见是周文，她立起身来，有点不知所措。

"我，我只想来看一看丹丹。"

周文看一眼穿上新衣的丹丹说道："其实真的不要这样，真的，你不要老是自责，医疗事故也不是她一个人的事情。"

"我，我真的对不起丹丹，对不起你们。"

"我们不怪你了，你应该振作起来的，重新做一个合格的好医生，我想丹丹也该是这样想的。"

"我还能为丹丹做一点什么吗？"

"不用，我会照顾好她的。"

周文是一副拒人于千里之外的神情，丁医生看一眼他，再看一眼丹丹，然后转过身向门口走去。

她在走下周文家楼梯的时候，有一种要哭出来的感觉。

七

周文开上了小冬的出租车，白天在家里照顾丹丹，早一点伺候丹丹睡了，他再出门干活，到早晨回来，要替丹丹换尿湿的床单和衣裤，虽然辛苦，但总算是可以把日子过下来了。

这一天，夜晚的时候下起雨来，周文的车穿街而过。

一个骑自行车穿着雨披的女孩，歪歪扭扭地擦在周文的车边上，连人带车一同倒地，周文心中一惊，从反光镜中看到女孩正在努力地爬起来，周文一闪念就把车开走了。

他开着车在其他街道上绕了几圈，心里却老是不踏实，一会儿又绕回这条街上来了，果然，他的预感很准，那个女孩没有能够爬起来，就这么一动不动地躺在雨水中，周文的心往下一沉，人有点发呆，他停了车，却没有马上下来，雨刮器不停地刮动着，雨水中模糊的女孩使他一下子想起了丹丹，周文用力地拍打了一下自己的脑袋，开了车门下去把女孩抱起来。

女孩子已经是昏昏沉沉的样子，周文将她放倒在后排座上时，不由自主地说了一句："孩子，你要挺住呵。"

周文驾车赶到医院，抱起孩子就往急诊室而去。周文走进急诊室的大门，迎面遇上的，却是丁医生。

正好今晚又是丁小君值班，将近午夜了，有一个空隙，她正要去食堂打一点夜宵，走到门口的时候，看见周文抱着小女孩进来。

"丹丹怎么了？"丁小君心里一紧，走到前面才看清了不是丹丹，"是不是，你撞人了？"

周文停下脚看一眼丁小君："急救室在哪儿？"

丁小君有一点不知所措地伸手一指，周文掉头而去，丁小君顿了顿，也紧跟上去。

周文替女孩代交了押金，医生诊断的结果，是股骨断裂，需要立即做手术，一般不会有什么后遗症，护士把这个结果告诉周文，并且让他尽快去筹钱交来才能做手术，周文重重地叹了一口气。

护士问道："你是她的父亲？"

"不是。"

"那你是？"

"开车的。"

护士"噢"了一声，说："你闯的祸？"

没等周文回答，护士又说："这下你麻烦了。"

护士之所以这样说，是因为她在抬起头来的时候，已经看到一个警察随着一对男女进来了。

女的说："现在的出租车好像是强盗车，杀来杀去的。"

男的看一眼周文："不过你撞了人不逃跑，还算有人性。"

女的说："逃，往哪儿逃，公安局是吃素的吗？"

周文说："你们的孩子不是我撞的，现在你们来了，我把她交给你们，我还要去做生意呢。"

男的说："这可不行，你要把事情搞搞清楚再说的。"

女的说："怎么，你想走呵，哪有这样的事，撞了人就这样一走了之，没有这样的好事吧。"

周文说："你们怎么可以这样，我跟你们说了，人不是我撞的，我只是看到她倒在地上，就把她送到医院里来了，你们怎么……"

女的急了："不行，你不能走的，哪有这样的好人，你像这样的好人吗？"

这时候警察开口了，警察说："走是不能走的，不过你放心，我们不会冤枉一个好人，但我们也不会放过一个坏人。"

周文觉得很没趣，这是什么话，这算什么意思呀。

周文抬起头来的时候，正好看到丁小君关注的眼光，就在这一瞬，她彻底相信了周文所说的是一个事实，她明白周文正在承受着很大的委屈，她的心里竟是莫名其妙地痛楚起来。

"他或许会说别的谎话，但这事肯定是真的，他是想到了自己的孩子才出手相救的，他的孩子得了不治之症，你们不用在这里无理取闹了，出去说，都出去，这儿是医院，不是派出所。"丁小君向着警察说道，她的声音也突然大了起来。

大家一下子愣在那儿。几个小护士心里说，丁医生可是从来没有这个样子的，丁医生今天是怎么了。

男的说："这，这算什么？这算什么呀？"

"出去。"

警察迟疑了一下："那我们先出去。"

丁小君望着周文跟着大家一起出去时候的背影，忍不住要叫住他，但她还是没有，因为她实在不知道，面对周文说什么才好。

没一会儿，孩子醒过来了。

女人急切地扑到床前，女人说："孩子，你看看，你看仔细了，是不是这个人撞你的？"

女孩子摇了摇头。

"孩子呵，你是不是跌了一跤，人也迷糊了，你再看看。"

女孩子说："不是他，是一个开摩托车的女的。"

周文听女孩子这样说，就转身向门外去了，他听到身后商量着要叫住他，然后不断地招呼着，但他实在不愿意再回过头去了。

周文回到马路上，已经是后半夜了，这时候他的心思竟莫名其妙地有些慌乱，自从丹丹出事以来，周文拼命地攒钱，这钱是要给丹丹治病的，现在却拿出来不少给另外一个女孩用了，周文一下子觉得有点儿对不起丹丹。

应该是吃夜宵的时间了，周文却不想去，一任车子在马路上游来游去。夜深了，这个时候生意也清淡，只有车子经过的地方，夜色被灯光一搅，动了一下，很快又复原了昏暗和安静。

这一刻的周文觉得有一点儿孤单，他下意识地打开收音机。听收音机是出租车司机的职业习惯，周文也是，只是周文更关心的是一些医疗广告，他总是会记下一些医院或者医生的名字，他心里想的是，待有了一些钱以后，他要带着丹丹去找他们的。

　　但现在，收音机里播放的是点歌节目，周文似乎是没有收听的心思，在他正要关掉收音机的时候，却听到了"丁小君"的名字，他觉得这个名字有点熟悉，却一时间想不起是谁来了。

　　播音员说："丁小君为她的一位开出租车的司机朋友点播一首《如果》，并祝福他们父女俩幸福安康。"

　　在这以前周文不知道丁医生的名字，但这时他突然醒悟到了，这个丁小君，应该就是丁医生。

　　　　阳光照我一个人身上
　　　　让温暖我们共同分享
　　　　坎坷在你一个人脚下
　　　　让艰辛我们一起担当
　　　　当春天迷路在远方山岗
　　　　在路口等待二月
　　　　把你疲惫的热情
　　　　靠在我的肩上……

　　这首歌是以前没有听过的，在这样的夜色里，这样的音乐声中，周文的心里，一下子好受了许多。

八

　　丁小君回到家里才七点刚过，推开门，却见刘雪楼一副打扮得衣冠楚楚的样子。

　　"我的剃须刀呢？小君你知道我的剃须刀放哪儿了？"

　　丁小君以为他又轮上了什么演出任务，只是她不想多问一句，她的脑子里全是昨天夜里的事情。

"他这样做，肯定是为了孩子。"

刘雪楼一时间不能明白丁小君说的是什么意思："谁？什么孩子，我们不是说好了这两年先不要孩子吗？小君呵，你知道吗，今天，我今天真是太高兴了，你知道是怎么一回事吗？市领导要召集我们开一个座谈会，我听赵局长说，是商量举办评弹艺术节的事，太好了，太好了！人逢盛世，真是人逢盛世呵。"

"哦。"

"哦？小君你怎么了？你不高兴？你不为我高兴？"

"高兴，我累了，我去休息，你忙吧。"

丁小君回到房间里，听到刘雪楼还在找自己的剃须刀，"剃须刀呢？我的剃须刀呢？"没一会儿，就出门走了。

丁小君倒在床上，却一点睡意也没有，她想起周文，而后又想到了丹丹，丹丹的样子留在她脑子里，挥之不去，她就起身出了房门。

丁小君想着，要去看一看丹丹。

丁小君赶到周文家楼下的时候，刚好周文也回家了，二人在楼下遇到，彼此不知说什么才好。周文立停了一下，掉过头上了楼梯，丁小君就跟在了他的后面。

周文打开房门，就径自向丹丹房里而去。丹丹还睡着呢，但周文从丹丹脸上极其细微的表情中，知道丹丹要尿了，他拿出痰盂，笨手笨脚地去搬动丹丹，丹丹醒过来了，睁着迷惑的眼睛看着周文和周文身后的丁小君。

丁小君抢上前一步，要替代周文，周文却坚决不肯，两人僵持着，最后，还是周文松了手。

然后周文接过痰盂去卫生间倒掉。

这时候房间里只有丁小君和丹丹两个人了。丁小君看着丹丹现在的样子，心里不由地一阵难过，丹丹，我再也不会让你受这样的罪了。

丹丹盯着小君看着，突然露出笑脸来喊了一声"爸爸"，丁小君忍不住伸出手去，紧紧地搂住了她。

就在这个瞬间，丁小君想，我不仅无法从我的心里抹去他们，恐怕也无法从我的生活中抹去他们了。

周文再回到房间的时候，电话铃响了起来。

电话是小冬打来的，刚才交接车子的时候忘记说了，有一个摄制组，要找会开车的替身演员，周文的驾驶技术本来是全公司出了名的，不知他想不想去试一试。

周文迟疑了一下。

小冬说："对方答应了要付比较高的报酬。"

周文马上联想到丹丹看病的事，就答应了下来。

摄制组就在太湖中的一个小岛上，盘山公路的一边是山，另一边是山下烟波浩渺的太湖。

周文赶到的时候，一个导演模样的人过来问道："是小冬让你来的吧？你行不行？"周文点一点头，那人一副如释重负的样子，掉过头对周转的人喊着，"各就各位，各就各位吧。"

"你要不要准备一下？"

"不用吧。"周文回答说。

"你看一看，是替抢劫犯的身，还是替警察的身？"

"有怎么说法吗？"

替抢劫犯的身，最后车子要撞到那棵树上，然后人从车里跳出来，滚到山下去，我们发一千元，替警察的身，只要跟在抢劫犯后面开车就是了。

周文想了想："那就抢劫犯吧。"

"好，但我要告诉你的是，可不是真撞到树上去，真要撞上去了，成本可搞大了，你要在将撞未撞的时候，紧急刹车，然后就跳下来。"

"我懂了。"

"那就开始吧"。

车是一辆进口的面包车，周文先上去试了一下，有了一点感觉，就进入正式的拍摄了。

周文以最快的速度将汽车调到八十码，导演还在一边对着小喇叭别有天地道："跑起来，跑起来，快，再快一点。"周文加速到一百码，然后，就是迎面的一棵大树了。

周文在暗暗地告诫自己，沉着，要沉着。然后在心里数着：一、二、三，眼看就要撞到树上，突然地一个急停，紧接着打开车门，一下子窜了出去。

"好。"导演斩钉截铁地大喝了一声，围观的演员和群众也欢呼喝彩。

周文站起身来的时候，却觉得左腿钻心地疼，他强忍着疼痛走上公路，导演过来拍拍他的肩："好样的，朋友。"

周文笑一笑。

导演转过身对一边的女孩子说了两句，女孩子拿着一叠钱走到周文身边。

"导演说了，加两百元给你，你去把腿治一下吧。"

周文接过钱来，退出两百，"谢谢了，还是说好多少就多少吧。"

周文回到家里的时候，天色已经擦黑了。

周文推开门，见丁小君还在，一瞬间他还是有点不好意思。

丁小君说："没事的，我和丹丹在一起真的很快乐。"

"其实，其实我觉得你这样，我，我有点过意不去。"

"什么呀，要不是我误诊了……"

"不要说这个吧，我不怪你了。"周文说着看了看丹丹，"丹丹也不会怪你的。"

周文说这话的时候很诚恳，但丁小君听了，心里又涌起一丝难过："明天我还过来看丹丹吧？明天我休息。"

周文一时间不知如何回答。

丁小君其实也并不是十分想要周文来回答她，反正她想好了明天还是要来看丹丹的。她在返身出门的时候这样想着。

送走了丁小君，周文才感到自己的左腿仍一阵一阵地疼，但他还是忍住了将丹丹安排着睡下来。丹丹躺下了，睁着双眼望着周文，她的眼神还是那么清澈。

"丹丹，等爸爸攒够了钱，就带你去看病，好不好？我们丹丹会好起来的，会好起来的，是不是？是不是呵？"

丹丹只是依旧平平淡淡地看着周文。

"丹丹你要听明白了就点点头，你点点头呀。要不，要不你就摇摇头吧，好不好？好不好呀？"

其实周文也知道丹丹是不能回答他的，但他每天总是要抽一些时间和丹丹说说话的，这样他的心情就平和一点，美好一点了。

丹丹就这样渐渐地睡去，而周文仍在她床边上坐着，女儿，看不够。

这时候楼下响起几下汽车的喇叭声来，周文知道，是小冬来交替车子了。周文立起身，打开小灯再将大灯关掉，出了房门，再轻轻将门带上。

"英雄，剧组的人已经告诉我了，你是他们心目中的英雄。"小冬一见到周文就这么说。

"什么呀。"

"对了，你的脚怎么样了？好像还是有点拐呀。"

"没事的，走，我送你回家。"

周文边说着边打开前座的车门，坐了进去，他说的将小冬送回家，意思就是让小冬先开着车回家，他再去做生意。

"你这两天可没有好好休息吧。"小冬问道。

"还行吧，我能挺得住。"

"悠着点，走不完的道路赚不完的钱呵。"

"你不理解，我呀，我只想多挣一些钱，能够让丹丹看病了。唉，人生呵。坐在这方向盘前，看着驶在前面的出租车，想着要超过去，就能多做一个生意了，可是超过去以后才明白，前面还驶着一辆呢。"

车子行驶在夜色中，两个人再也没多说话，直到小冬家门口。待小冬下车后，周文坐到方向盘前。车子，驶向大街。

将近天亮的时候，周文有点犯困了，毕竟是两天两夜没好好睡过。周文将车靠到路边，想着打个盹。迷迷糊糊之中，周文感到丹丹来到他床边，拖着他要他起床。

"爸爸，上班迟到了，快，快起来吧。"

周文想，从来都是我催她上学的，今天是怎么一回事呀，我就装睡，看她怎样，我其实已经是醒过来了，我现在正在装睡呢。

周文觉得自己在装睡的时候，有人敲响了车门，周文定一下神，惊醒了。

来人急着要去邻近的一个城市，问周文跑不跑。周文想了想，答应了下来。

周文从邻近的城市回来时，已经是上午十点多了，他急着将车送到小冬那儿，然后往家里赶，走上楼梯的时候，身体也是飘飘忽忽的了。当他推打开房门，却没有看到丹丹，丹丹哪去了呢，周文的心里不由一紧。

九

一清早，刘雪楼就是一副意气风发的样子，今天，仿佛一个节日，对于刘雪楼来说，今天就是自己生命中的一个节日。

"小君呵，今天是中国评弹艺术节开幕式的彩排，也有我们文化馆的节目呢，你去不去，去不去看看。"

"我不去了，不想去。"

"好多名角儿都要出场的，你今天不是休息吗，不如一起去吧。"

"我不想去，我，我有话想跟你说。"

"我马上就走了，有不少工作要准备呢，什么事呀，不如你拿主意吧，你拿主意就是，我全听你的。"

刘雪楼急匆匆地去了，望着他的背影从门口消失，丁小君的心里不免有一点空落落的。

丁小君本来就想好了，今天要去看丹丹的，她有一件事情要做，她希望通过自己的努力使丹丹慢慢地恢复健康。

丁小君早早地来到周文家里，叫醒丹丹，让丹丹穿上她带来的新的运动衣，今天市里在体育场召开残疾人运动会，她已经替丹丹报了名。

丁小君带着丹丹赶到体育场，比赛已经开始了，丁小君挤上前去登记好参赛表格以后，将丹丹拉到一边。

"丹丹，丁阿姨看着你跑，你能行的。"

这一个项目的比赛，是让参赛的孩子抱着一只气球跑到终点，一要跑得快，二就是气球不能脱手。在做准备活动的时候，丁小君悄悄将系在气球上的线在丹丹的衣服纽扣上带了一带，但很快就被工作人员发现了。

"不行的，你这位家长，不能作弊的。"

丁小君只好再上前去，红着脸将细线松开了。她是太希望丹丹能够成功了。

哨子一响，跑道上的孩子一下子乱了起来，有的离开跑道，向着自己父母而去，有的气球一松手，追赶着而去；但丹丹是坚持抱着气球向前奔去。她的神情是那样严肃和专注。周围的家长和工作人员喊着"加油，加油"，丹丹似是全没听见，但脚下的步子却一直很快，她第一个到达终点。

一个戴着红领巾的小女孩将鲜花送到丹丹手上。丁小君兴奋地奔过去，一把抱起丹丹。"丹丹，丹丹，你真是好样的。"

紧接着开始发奖，大家围上来，丁小君拉着丹丹的手，正要往领奖台而去，周文赶到了。

周文是看到丁小君留在桌上的纸条后才赶过来的，当他知道丹丹去了体育场的一瞬间，立刻睡意全无，匆匆下了楼梯，叫过一辆出租车，向体育场而去。他坐上出租车的时候，丹丹正好冲向终点。

"丹丹，走，我们走。"

周文挤进人堆，一把拖起丹丹旁若无人而去。

周围人全不明白这是怎么一回事，丁小君也是一下子愣在那儿，但她马上醒悟过来，追在周文身后，出了体育场的大门。

"周文，周文，你干什么? 你干什么呀? "

周文听到了身后丁小君的喊声，但他的脚步没有停下来，他只想着带上丹丹尽快地离开这里。

丁小君紧赶几步，走到周文面前。

"周文，你听我说，她行的，她是第一名。"

"我不要什么第一名，我只要我的女儿。"

"丹丹像正常人那样生活，才可能恢复她的智力，你要对她负责。"

"你走开，让我们走，她不是你的女儿，孩子已经这样，还让她来丢人现眼。"

丁小君听周文这么说，眼泪忍不住夺眶而出。

周文就是在这一刻明白了丁小君内心的情感，他也不由得为之感动，伸出一只手，放在丁小君的肩上。

蚂蚁上树

一

建平看着秀珍挽着蒋小王从街上走过，建平说，秀珍都和我谈了三年恋爱了。

秀珍说，建平你不能这样血口喷人呵。

建平看一眼蒋小王，说了句，怎么血口喷人？

秀珍说，建平你说话要摸摸良心的，我从认得你到提出来和你分手，也就二十七个月，其实我认得你以后半年多一点，我们才建立恋爱关系的，建平你摸着良心说是不是？是不是？

建平笑一笑说，你倒是记得真清楚呵。

秀珍看一眼蒋小王。蒋小王有一点心不在焉的样子。

秀珍说，一个姑娘的名声是最要紧的，我和你明明没有谈这么多的恋爱，建平你为什么要当着我男朋友的面这样害我？

蒋小王一把拉过秀珍说道，秀珍我们走吧。

秀珍说，他凭什么这样说我，我就是咽不下这口气呵。

蒋小王说，你不要和他一般见识了，你原来是他的女朋友，现在你和我在一起了，他不高兴是自然的事情呀。

建平说，蒋小王你胃口真好。

蒋小王说，建平你这是什么意思？你失败了就容不得别人的成功，你这样的心理是很不健康的。秀珍不要理他，我们走吧。

蒋小王和秀珍转过身来离开的当口，建平在他们身后怪声怪气地学了一声，秀珍不要理他，我们走吧。

建平，你和秀珍谈了三年恋爱，结果秀珍还是离开了你，你不好好总结经验教训，还要这种态度，建平你让我怎么说你。蒋小王掉过头来说道。

蒋小王你真是老实，我干脆实话告诉你了吧蒋小王，秀珍都和我上过床的了，你还蒙在鼓里呢。

秀珍像是被电击了一下，然后"腾"地跳了起来。建平你这个杀人不眨眼的刽子手。

蒋小王说，建平你真是无聊，谈恋爱的时候，一道坐在床边上看看电视有什么呢，还当个事情来说，建平你真是太无聊了。

不是的，不是坐在床边上看看电视，就是两个人脱了衣服一起睡在床上。

没有的，没有这事，全是你编出来的

秀珍看着蒋小王，一副怯怯的样子。

怎么没有，你还想懒？我对你说，你大腿根上有颗红痣对不对？对不对？我当时说，你这里有颗痣哎，你还说是呵，要是你不小心丢了，写寻人启事就说腿上有颗红痣，找起来也容易，有没有这回事？有没有这回事？

建平我跟你拼了。

秀珍"呼"地冲向建平，却被蒋小王一把拖住。

秀珍你不要激动，秀珍你平静一点呵，秀珍你不要和他一般见识。建平我告诉你，就算你说的是真的，也不能说明什么，秀珍和你是热身赛，不能作数的，你这种人，我们不想再和你多说什么了，真是的，秀珍，我们走。

二

本来蒋小王和秀珍是要去看电影的，现在，他们还是往电影院去。

电影已经开映一大半了。这是一部战争题材的片子，有关渡江战役，战士们已经上船了，岸边的首长还要和老艄公说两句话，然后准备起锚渡江。

我们看不看？蒋小王问。

随你。秀珍这样说的时候，轻轻捏一捏蒋小王的手掌，秀珍如此反应的意思是反正我这一生是托付给你的了。

都渡江了，要不就看下一场吧？

两个人守在电影院售票口前面的檐下。秀珍看一眼蒋小王，蒋小王就朝她笑一笑。

我们回去吧？秀珍说。

就要散场了，现在解放军肯定渡过长江了，接下来就是毛主席在天安门城楼上庄严宣告，接下来就是剧终了。

要不，还是回去吧，我要小便了。

两个人走在回家的路上。天突然下起了雨来。雨水落在屋顶上，再沿着屋檐滴到地上，发出"嗒嗒"的声音来。秀珍的脚底下赶得更紧了。

我们还是避一避吧。

蒋小王说着，就去拉一拉秀珍的衣服。秀珍还是一个劲地向前走。蒋小王只好牢牢地跟在后面。

三

秀珍淋得湿湿的，蒋小王拿出一身自己的衣服交给她换。秀珍穿起蒋小王的衣服进到房间里。

衣服是洗得有点发白的那种，罩在秀珍身上，宽宽落落的。衣服最上面的一粒扣子掉了，领子翻开一些，蒋小王的眼光"嗖"地一下溜了进去。

这时候蒋小王觉得秀珍真女人。

你干什么呀？

蒋小王有点支支吾吾地回答不上来，他想起电视里的一句台词，你真好看，就照着样子说了。

你好坏哦。

秀珍说着就敲了蒋小王一下，蒋小王乘势一把拖住秀珍，二人抱在了一起。

这样的情况在数月前也有过一次，也是这个当口，蒋小王腾出一只手，窸窸窣窣地去解秀珍的衣服。秀珍一个抖动，将蒋小王弹开。

不能这样。秀珍说，不能这样的。这是一个女人最宝贵的东西，我现在给你，总有点儿不明不白的，不好。

事后蒋小王说，秀珍你做得对，我好糊涂呵，要不是你坚持住，我险一点儿犯大错误，这么个日子，前不搭村后不搭店的，一点纪念意义也没有呵，再说对你也太不负责任了呀，是不是？

当时秀珍只是笑了一笑。

但今天情况有所不同，外面在下雨，也不能做什么别的事情，经过了一段忙碌现在两个人都是一种松劲的状态。秀珍明显的是犯了错误的心理，解释不行，表白也显得牵强。

所以蒋小王把手伸进秀珍的衣服里面去，秀珍半推半就了一下，就听之任之了。

你，你去把窗帘拉好。

蒋小王说了句，秀珍你想得真周到。过去拉起窗帘，再回过来，抱成原来的姿势。

其实，其实当时我也不是情愿的，建平硬逼着我，我还是不肯的。

嗯，嗯。

其实，其实我和建平也没有几次，一般我总是推托的，实在不好推托了才应付他一下，反正我，我的心里也是很矛盾的，真的，没有几次的。

秀珍你也不要有什么思想负担，过去的事情就让它过去吧，对我来说这是第一次呵，这不就行了吗？是不是？

你真好。

秀珍说着，一把将蒋小王紧紧地抱住了。

但事情过后，秀珍的情绪却是有点低落，对蒋小王也是冷淡。

秀珍你放心，我会对你负责任的，我不是过河拆桥的那种人，好好的桥，要拆它干什么呢，又不是只过一次河，是不是？

你说得好听，哼。

我怎么说得好听？我知道了，你是一朝被蛇咬，十年怕井绳，你是还在生建平的气呀。

生他气？他是我什么人？

秀珍嘴上这么说着，心里却不平静。沉寂了一小会儿，她

"呼"地立起身来，竖在了蒋小王面前。

他凭什么？他凭什么呀？我就是咽不下这口气，蒋小王，你就让他这么欺负你呵。

四

蒋小王来到建平烟纸店的时候，雨已经停了。

建平说蒋小王你又来了？

蒋小王朝建平笑一笑，就探过头去看柜子里的香烟。

蒋小王你要买香烟呀，你学会抽烟了吗？

没有，我是给你买的，就这一种吧。蒋小王接过烟抽出一支递给建平。

蒋小王你这样我真的不好意思了，不就一个架嘛，吵就吵了，你还特地买香烟给我抽，真是太客气了。

蒋小王又掏出一支递过去，然后说，应该的，应该的，我还有事情和你商量呢，我现在来，是想要打你两个嘴巴。

建平愣愣地看着蒋小王。

其实这不全是我的意思，犯不着的，是不是，我要动手打你，打痛了你不好，我的手也会很痛的，是不是？

是是是，哈哈哈。来，你打，我让你打。哈哈哈，你打呀。

建平的头向前伸伸，脸就凑到蒋小王跟前了。蒋小王就不知如何是好了。

五

后来李进奇在派出所的笔录上签名的时候，蒋小王才知道李俊琪其实应该是李进奇。

十五年前，蒋小王读小学三年级。一个下午，放学了，走出校门没多久，李进奇横在路口。

叫我爷爷。

爷爷。

蒋小王想，叫就叫，有什么呀，反正我爷爷早就去世了，你要做死人，就让你做好了，你做了死人，自己还不知道呢。

这时候建平走过来了，建平本来是想避开李进奇的，但李进奇的眼光正看着他呢，建平就直直地过来了，来到李进奇面前。

叫我爷爷。

呸。

李进奇伸手勾住建平的脖子，使劲一按，建平倒在地上，李进奇就把身体压上去。

叫，你叫不叫？

蒋小王记得建平最后也是叫了的。蒋小王走出建平小店的时候，就想起了李进奇。蒋小王决定了要去找到李进奇。

穿过马路是一条宽大的巷子，宽大的巷子里套着几条窄小的巷子，李进奇就住在其中一条窄小的巷子里。

大门只是一个门框，门框连着长长的备弄，穿过备弄就是天井，天井里坐落着的，就是住人屋子了。蒋小王一眼认出在廊屋檐下晾衣服的，正是李进奇的妈妈。

阿姨，你认识我吗？我是蒋小王呀，我来找李俊琪，李俊琪在不在啊？

蒋小王把李进奇叫成李俊琪了，在这儿的方言里，"进奇"和"骏骑"刚好是一样的发音。

阿姨朝蒋小王看了看说道，李进奇不在。

不在？他去哪儿了呢？

他死了。

他死了？怎么会呢？他怎么会死了呢？是不是车祸？肯定是了，肯定是车祸，有一天我看到他骑着摩托"呼"地穿了过去，我都没来得及叫他，也可能就是那一天出的事情吧，飞来横祸，真是飞来横祸。

阿姨听着听着，突然生出火来，你还说你还说，你才飞来横祸，你不得好死。

这算什么呀？这算什么呀？

蒋小王理会不出个究竟来了。

这时候李进奇从屋子里走了出来。你是谁呵？李进奇说。

蒋小王一眼就认出了李进奇。

喂，你怎么不认识我了呢？我是蒋小王啊。

哪个蒋小王？

你怎么都记不得了呢，那一年，那一年你不是留级了吗？你留级到我们班上，后来……我还叫过你爷爷，你不记得了？一点都不记得了？

你进来说吧。

蒋小王掉过头看一眼阿姨，然后往屋里去。蒋小王看见李进奇走路有点一拐一拐的，李进奇的手上，还牵了一根拐杖。

六

不久以前，李进奇的一双腿脚还是好好的，有一天傍晚李进奇踩到了阴井里，一条腿活活地折断了，李进奇走起路来也就拄着拐杖一拐一拐的了。

李进奇在一家丝织厂工作，是一名机修工。李进奇工作的丝织厂现在也有一些不景气了，厂里传出话来，有一部分职工要下岗。大家全在议论这个话题，李进奇也想着我会不会下岗呢？想不明白，就决定去问一问副厂长，副厂长原来是机修车间的车间主任，和李进奇也是客气的。

在厂里问不好，人太多，说不全话，不如去副厂长家里吧。李进奇这样想着，就提了两瓶酒，往副厂长家里去。

天色渐渐暗下来了，李进奇想，这样也好，免得有人看见了。李进奇来到副厂长楼下的时候，突然想起要方便一下，走到人家家里就往卫生间去总是不太好的，李进奇往四下里看看，四下里也没有公共厕所。楼房一边是一条小路，小路的尽头似乎更隐蔽一些，李进奇就往那里去，拐进小路没一会儿，李进奇就"啊"地大叫了一声。

小路上有一口阴井，阴井的盖子是移在一边的，阴井就露出一个窟窿来，李进奇经过的时候，一脚踩了个空。酒瓶敲在地上，碎成玻璃碴，玻璃在李进奇的脸上手上划过，李进奇感到鲜血直流。

两个小时以后，有人带着手电穿过小路，手电的光亮，照着露在阴井外面的半截李进奇。那人连忙拨打110。

一身酒气的李进奇，在医院里醒来，第一句话说的就是两瓶酒，还有两瓶酒。

护士长说，都醉成这样了，还在想着酒。

李进奇想把事情说清楚的，却是一点精神也没有。

厂领导们拎着一些水果前来探望他。厂长说，厂子里都好，正在进行优化组合呢，你安心养伤，你的任务就是休息休息再休息。

好手好脚的还要优化组合，李进奇想，自己下岗是木已成舟的了。

工会主席说，工会正在研究，给你一些补助，一点点，也只是一个意思吧，这阴井盖也真是，为什么不盖上呢，好端端的一条腿弄成一断一断的，什么名堂嘛，李进奇你去告他们的，告市政公司，他们是干什么吃的。

李进奇说是的是的。

最后厂领导们要走了，副厂长突然说道，李进奇你也真是醉了，怎么会到那条路上去的呢？对了，我家就是那条小路边上的一幢楼，以后你有空来玩。

七

你们都叫了吗？李进奇问道。

都叫了。蒋小王说。

我怎么会让你们叫爷爷呢，应该是叫爸爸吧？

要不是蒋小王提起，李进奇全忘记了这些事，李进奇听着蒋小王讲起少年时候的旧事，很是受用，他是希望蒋小王再想起一些给他说说的，甚至他立起身，一拐一拐地跟着蒋小王去找建平，也是这些少年旧事在起作用呢。

走在马路对面的时候，蒋小王伸手指一指，建平开的店。

就是这一家呀，卖假烟的，我买到过一盒。

是建平卖给你的吧。

好像没见到他，是一个女的，下巴上长了个痣，也以为自己是伟人了，还不认账，还凶。

是不是这里？是不是这里一颗黑痣？蒋小王指着自己的下巴说道。

就是。

那肯定是秀珍了，秀珍也不跟他好了，秀珍现在是我的女朋友了。

那，那就算了。

蒋小王突然想起刚才在建平店里还买了一盒烟的，就掏出来递给李进奇。李进奇客套一番后还是收下了，然后掏出一支，叼在嘴上。这时候两个人已经穿过马路立在建平店门口了。

蒋小王说，建平我来了。

建平有点生气了，又是你呵蒋小王，你还有完没完？

事情总要说说清楚的。

没什么好说，我跟你没什么好说，你走吧。

我要打你两个巴掌再走。

来，来，打，你打打看，你要动一个手指头，我就把你的手臂也剁下来。

蒋小王不知如何是好地看了看李进奇。李进奇就迈上前一步说道，建平你不要凶，嘴硬骨头松的人我见多了。

建平总觉得这个人见过，待他开口，突然想起来了，是李进奇。

是李进奇吧，你掺和什么呀，没意思的。

我是路见不平，什么叫没意思，你欺负蒋小王就有意思？你被我按在地上叫我爷爷的日子忘记了是不是？

什么什么，我叫你爷爷？你要做我爷爷？李进奇你牙齿碰碰齐再说话好不好？

李进奇一下子愣住了，李进奇想，这事情虽然自己一度忘记了，但经蒋小王提醒，少年时的一幕马上就在脑子里呈现，这是铁板钉钉白纸黑字的事情，你建平怎么可以不认呢。

李进奇将两只眼睛瞪得圆圆的。

建平对着他手一指说道，李进奇你眼睛不要瞪，都新世纪了，你这种退休流氓吃不开了。

李进奇热血沸腾，抡起手杖使足了劲，打了过去。

建平心里说，不好，这小子真打。建平急急地一闪。

"啊呀啊"，手杖落在了蒋小王的后背上，蒋小王的叫声从肺里直直地透露出来。

八

李进奇拄着拐杖向住院部去，李进奇想，还不到探望时间，也不知让不让进去呢。

李进奇走到住院部门口时，门卫主动地向他点一点头，门卫说，好久没看见你了，快出院了吧？

李进奇支吾了一下就进去了。

伤科在二病区，蒋小王是 206 号床。李进奇见到蒋小王就说，蒋小王呵，也真是巧了，我要是这一跤晚摔两三个月，倒是和你做邻居了，我原来是睡 207 床的呀，你说巧不巧？

蒋小王说，你要是晚摔了两三个月，我也找不到你了，找不到你，我也不会躺在这里了，我们还是做不成邻居的。

蒋小王你是不是怪我了？

没有没有，李进奇你不要多心，我不是这样的意思，我是想即使你晚摔了两三个月，我们也不能住在一个病房里的，只是心里有点儿遗憾，我怎么会怪你呢？

蒋小王的腰椎骨碎了，只能趴在那里，他觉得这样说话不合礼节，就努力着想转动一点身体，也好将脸尽量对着李进奇。

蒋小王你要拿什么？我来帮你，你是不是要小便呀？

不是，这样和你说话，不文明礼貌，我想看着你一些。

这干什么呀，你也真是，太见外了，真是，我有什么好看的呀。李进奇说到这儿，想起了厂长当时来看他的事，就自然而然地说下去，你安心养病，你的任务是休息休息再休息。

蒋小王叹一口气。

蒋小王你不要灰心的，你看我，用不了多久，扔了拐杖也能走路，这跟没摔跤前一样了。

我原来也是这样想的，我问医生要多久才能好起来，医生说难说的，我说人家李进奇骨头断成几段了，也差不多要好了，医生说，李进奇的好比是一根木头断了，你的是一只碗打碎了，我就想一只碗要打碎了就不好拼了。

拼是也能拼起来的，可能难度要大一点，蒋小王你放心好了，现在的医疗水平是很高的。都是建平不好，哼，我是不会就这样放过他的。

蒋小王跟着李进奇骂了几句建平。他们在骂建平的时候，秀珍来了。

秀珍是没有经历过什么风云的那一种人，她刚才为医疗费的事情去了蒋小王的单位，她去蒋小王单位时，有一种独当一面的感觉，所以她有一点儿兴奋，也有一点儿紧张。

蒋小王在航运公司上班，秀珍先是找到航运公司经理，说了蒋小王是敢于同坏人坏事作斗争，也有一点见义勇为的含义。经理在秀珍说到蒋小王和李进奇过马路时看了看表，说我还有会议，而且我主要是分管业务的，这事要找书记，你去找书记吧。

书记一直听秀珍讲到叫来救护车，把蒋小王送进医院，然后起身为秀珍面前的茶杯加了一点开水。

书记说，按说这能算上正义与邪恶的斗争，但正义不能算是大义凛然的正义，邪恶也不是穷凶极恶的邪恶，但既然你来反映了，要不我们研究一下，作为一个助人为乐的好人好事，在大会上表扬一下，你看这样行不行？

当然能受到表扬总是好的，只是还有医药费报销的事我也想谈一谈。

这要找财务科的，这样，我带你到财务科去谈吧。

书记领着秀珍到财务科，书记说，这是蒋小王的家属。

财务科长说，你要说蒋小王争风吃醋，打架斗殴，也只有在新世纪才可能，真是的。

秀珍说，不是的，不是这回事，蒋小王受伤了，我来把他受伤的经过简要地谈一谈。

财务科长说，不用不用，我们都知道了，我们都知道了。

秀珍说，那他的医药费……

财务科长说，这位女同志呵，你有没有搞错，蒋小王又不是工伤，他是他伤，虽然说是新世纪了，可我们还是要按老规则办事的呀。

秀珍立起身来出门之前，对书记说道，其实我不是蒋小王的家属，其实我是他的女朋友。

书记想了想说，蒋小王受了伤，你不离他而去，而是一心为他奔波，这是忠贞的爱情，高尚的情操，我们开大会时一起表扬，一起表扬。

秀珍赶到医院来向蒋小王汇报时，正好李进奇前来探望，秀珍说到这里时，看一眼李进奇。

蒋小王的病床前，只有一张椅子，正好是李进奇坐着。秀珍看过来时，李进奇想她是跑得累了，也讲了不少的话，她是要坐着歇歇。李进奇站起来说道，秀珍，你来坐吧。

你坐，你腿不好。刚才讲到哪儿了，对，表扬，书记说要表扬，然后我走出公司大门，想着这不是白来一趟嘛，再回到财务科，我说那我们蒋小王的医药费你们就一点也不承担了？财务科长说，是的我们一点也不承担。我说，总不能让医院承担。财务科长说，谁打谁承担。

蒋小王说，那还得找建平呀。

李进奇说，对，我们告他去。

九

法官说，蒋小王你可以走了。

蒋小王"哎"了一声，却还是坐在那里不动。

法官觉得蒋小王肯定是想请他吃饭或者要送什么东西给他，就很体贴地对蒋小王说，蒋小王呵，你是个老实人，我也知道你的心思，若是事情办好了，皆大欢喜，被告欢聚一堂，大家吃个饭什么的，也不是不可以，别的你就不要多费心思了，好不好？

蒋小王说，好的好的，这是应该的，我一定安排，我一定安排，只是，只是，我其实不是想告李进奇的，你让我告李进奇，首先我是尊重你的意见的，但我心里是过不去的。

法官说，那你就别告。

我还是想告建平。

建平把你打成这样的？

这倒不是。

建平让人把你打成这样的？

也不是。

所以呀，建平也要找的，但他只是一个很重要的证人，而不是被告，懂了吗？

法律是这样讲，可我感情上还是有点接受不了。

蒋小王我告诉你，法大于情，要告就告，不告拉倒。

蒋小王说，那就告吧。

十

蒋小王找到李进奇时，李进奇正一拐一拐地为自己的官司东奔西走。

李进奇闲下来时，就想到蒋小王要去告建平了，他觉得这也是替他出了一口气，然后他又想到了自己厂里工会主席说的话。工会主席说，工会正在研究，给你一些补助，一点点，也只是一个意思吧，这阴井盖也真是，为什么不盖上呢，好端端的一条腿弄成一段一段的，什么名堂嘛，李进奇你去告他们，告市政公司，他们是干什么吃的。

李进奇想到的不是补助，工会的补助是拿到手了，两百元钱，再节简也不是一个经得起花的数字。李进奇想到的是告状，告市政公司。这一想如无依无靠的孤儿突然找到了亲生的爹娘，李进奇的精神为之一振。

不能让国家为难，不能有敲国家竹杠的思想，也不能让自己吃亏。李进奇想，医药费是应该全部由他们承担的，还有，就是平时生活的补助。要是不掉到阴井里，就不会下岗，要是不下岗，每月也有八百多元的收入，和现在拿的下岗工资，要相差六百多元，从今往后到退休还有二十多年，一方负担一半也是八九万。

到底是八万还是九万呢？李进奇想了想以后在心里说道，要不就八万吧，国家也有国家的困难，大手大脚影响不好的。

会不会好手好脚还是下岗呢？不会，两瓶酒拎到副厂长门上，副厂长这个面子还是要给的，副厂长这点权力也是有的。

两瓶酒也要不少钱呢。

李进奇边走边想地找到市政公司。

李进奇说，请问你办公室在哪儿？

那人说，这里就是办公室？你要找谁。

李进奇说，我要找领导。

我就是领导，你有什么事情吗？

我是来告状的。

你要告谁？你告别人可以对我说，你要告我只好去找别人了。

我要告你们单位。

你告我们单位？你是原告，我们是被告，你到被告那儿去告被告，这不符合规章制度的呀。

我是想先来和你们通通气的。

这在法律上属于串供，也是不行的，不过我倒想了解一下，你要告我们什么呢？坐，你坐下谈。

李进奇就坐下了说起自己掉到阴井里面的事，说到领导让他休息休息再休息的当口，那人起身来为他倒了一杯茶。

待李进奇讲完，那人从办公桌里取出一叠材料，翻开了递到李进奇面前，说，真的，我是很同情你的遭遇的，但这件事你告不倒我们的，为什么呢，因为阴井不是归我们管的，喏，无证摊贩是我们管的，乱停车辆是我们管的，喏，这上面全有，你看看，你对照着看看好了。

李进奇对着那材料上上下下看着，说，阴井，阴井是没有哎，这儿有个河道哎，阴井是不是算在河道里的呢？

阴井里可不可以开船呀？

这，这自然是不可以的。那么你觉得我这事应该找什么部门呢？

我想，我想这应该是找环卫处的吧。

对呀，我应该去找环卫处的呀，你想想，公共厕所是归环卫处管的，垃圾箱是归环卫处管的，阴井也应该就是环卫处管，你说是不是？

那人顿了顿说道，不是我让你去找环卫处的吗？

十一

李进奇往环卫处赶的时候，觉得一个含含糊糊的念头已经清清爽爽了。就不知道他们单位里有没有这么多的现金，要是支票，还要到银行去提款，银行中午好像是不休息的吧。

环卫处的总经理办公室在三楼，财务科也在三楼，李进奇经过财务科的时候，不由自主地朝里面多看了几眼。

来到办公室，李进奇说，我找总经理。

总经理不在，出差去了。

那么就找副总经理吧。

副总经理也不在，陪总经理出差了。

都出差呀，单位里有事找谁呢。

总经理助理。

李进奇就找到总经理助理，李进奇说，你怎么不出差呀？

总经理助理说，我本来也要出差的，后来没买到车票，对了，你是谁呀？你问这个干什么？

李进奇说，我不是要问这个，我要问的是，公共厕所是不是属于你们管的？

是呀。

垃圾箱是不是你们管的？

是呀。

李进奇说，我的骨头跌断了，走路也一拐一拐了，我掉到阴井里去了，因为你们的阴井盖没有盖好，你们要对这件事负责的。

总经理助理说，你是今年掉进去的，不是去年掉进去的？

今年。

今年阴井不是我们管了，阴井原来是我们管的，现在归房管局管了，你要找房管局的。

阴井怎么归房管局管了呢，说不通的呀。

上级领导就这样决定的。

要不，我的事就你们处理一下吧，按阴历算，也可以说是去年的事情呀。

那不行，有原则的，你要掉公共厕所里找我们还差不多。

要不，要不，我还是去找房管局吧。

李进奇转身出门的时候，总经理助理突然意识到自己说错话了。他真要掉公共厕所里，也不干我们的事呀，公共厕所又没盖子的。

十二

李进奇没有在房管局停留多久，阴井是归房管局管理的，只是那一块地皮已经卖给房地产开发公司了，嫁出的女儿泼出的水，这事情管不着了，也不能管了。

这一天赶得有点累了，李进奇想，还是坚持一下吧，反正就快有个结果了。结果房地产开发公司说，第一，房管局这样的说法是不恰当的，我们买他的地皮，又没有买阴井，有协议为证，协议上是写得明明白白的。第二，在这块地皮上，房子造起来了，造起来的房子归开发公司管，房子以外，谁该管谁管，谁爱管谁管。

这是什么话？那你说楼房边上的小路谁该管，谁爱管呀？

居委会，居委会收卫生费的，你找他们去。

李进奇走到居委会门口的时候，还是迟疑了好一会儿，出了这样大的事情，落到这么一个小单位来处理，有一点儿泄气和不甘心的。

居委会主任说，我们收了卫生费，也就扫扫地拔拔草什么的，阴井是不归我们管的，要我们管也管不了呀，都上了年纪的人了，怎么下去？下去了又怎么上来？你说是不是？

李进奇说，我也觉得找你们处理是不太妥当的。

居委会主任说，我们对你的遭遇也是很同情的，我们也要献一份爱心的，这样吧，你们家里今年的卫生费就不用交了，你看好不好？

好是好，只是我不是你们这个居委会的呀。

居委会主任从桌上取过一面红旗交到李进奇的手里，要不这样吧，我送你一面卫生流动红旗，你放心，这是全市通用的，连续三年拿到流动红旗，就能评为五好家庭的。

李进奇回到家里的时候，发觉手里面多了一面红旗，心想，拿也拿回来了，就挂好了吧。李进奇正在挂流动红旗的时候，蒋小王来了。

蒋小王说，李进奇，你要有个思想准备，我把你告了。

十三

蒋小王去找李进奇的当口，秀珍也赶在去找建平的路上。蒋小王说，原告有了，被告也有了，现在就少个证人了，看来还是要去找建平的。我们兵分两路，我去找李进奇，你去说服建平。

秀珍觉得蒋小王的语气里有一点试探她的意思，就意气风发地说道，我再也不想看见这个人了。

蒋小王想了想说，还是你去比较合适，你去吧，也不要有什么思想顾虑。

你就是喜欢逼我干我不愿干的事。

秀珍这样说着，就算是答应下来了。

蒋小王看着秀珍的背影走出门去，想到"风雨同舟"这个词来，心底里涌起一阵感动。

秀珍是在中午过后去找建平的，这段时间来往的人少，生意也清淡，可以专心地说说话。秀珍赶到建平店里的时候，建平正在接一个电话。有人来要买一包"三五"牌的香烟，秀珍就很熟练地从下面的柜子里取出香烟，然后把钱放进箱子里。

顾客说，好久不见了，老板娘。

秀珍就朝他笑笑。

建平在打电话的时候，就看着秀珍的背影，建平觉得秀珍的背影很柔和也很圆满，心里不由自主地冒过一丝丝波动。

建平搁下电话，走近秀珍身边，伸手在秀珍的屁股上拍了一下，人家叫你老板娘的呢。

秀珍回过身来说，这是给谁通电话呀，这么亲热，是女孩子吧？

什么呀，我哪有呵。

还哪有？我还不知道你？

你知道我什么啦？你说，你知道我什么啦？

建平一把抓住秀珍的胳膊，好让她的脸面往自己这边转过来一点，然后凑上前去，嬉皮笑脸地说道。

秀珍刚走进店里，正好有人买香烟，一时间她就不经意地进入了从前的状态，就在建平嬉皮笑脸的一瞬，她突然想到来这里的目的，还有正经的事情要办，这样是不是太没有原则了。

你算了吧，那么说我。

你自己呢，也不说一声就离开我了，那么狠心。

我狠心？你要我走，还说我狠心？

我也是火头上说的气话，你还不了解？建平伸手挽住秀珍的腰上。我看你和蒋小王好了，心里真的很难过的。

秀珍不知道说什么才好了。

建平挪动身体，然后像一张膏药似的贴在秀珍的后面，再腾出双手，抱住秀珍的肚皮。

要被大街上人看见的，你疯啦？

下午

建平的情绪开始忍不住激动起来，我疯了，我疯了，我是疯了。

最初建平的手搭在腰上时，秀珍就想，这样不太好吧，是不是应该将它打开……可正在这时候建平的双手已经一起抱上来了。秀珍想我真的应该打开它的，可是建平要问起一开始为什么让他摸了，应该如何答复他呢。

事后秀珍想，自己是不是为了蒋小王而施展了美人计呢？好像不是，看来和建平还是有感情基础的，毕竟是一日夫妻百日恩呵。那么和蒋小王不也是一日夫妻吗？好像也不对，到底还是和建平的日子多一点。

建平说，蒋小王呵，他是活该，对了，你跟他这一段时间，他怎么你了吧？

什么怎么我呀，蒋小王他这么老实的一个人，怎么会怎么我呢，真是。

我还是不给他做证人，人家到银行里存钱还有利息呢，我一个女朋友，被他占了这么长时间，我还给他当证人，不行的。

你这人，怎么这样，一点面子都不给。

别，你别生气呀，我去，我去就是了。

但建平去到法院的时候，却被法院的同志客客气气地挡在了门外。

我，我可是你们请来的证人呀。

传，我们让证人到法院上传，传证人。

传你也得让我进去呀。

今天这案子是庭外调解，用不着你的，你回去吧，等需要的时候我们再传你。

建平愣了好一会儿才说，好像你们给我发工资似的，你们传我，还要看我乐意不乐意来呢。

十四

原来我的腰是这样直着的，现在是这样弯下来了，我要通过锻炼也只能这样，反正再也不能这样直起来了。

蒋小王一边说着一边伸出中指来比比画画。

法官说，请你把手放下来。

蒋小王说好的，但一会儿说着说着又竖起了中指。法官就狠狠地再一次提醒。蒋小王说，我只是想说得更清楚一些。

法官说，已经很清楚了，李进奇是不是嘴上说要打别人，实际心里面是想打你？

李进奇说，我没说，我嘴上没说。

法官说，我没问你。

蒋小王说，不是。

法官说，他是想打别人的，却打到你身上了，是不是？

蒋小王说，是的。

法官说，现在，这件案子可以明确地定性为误伤，接下来就是怎样赔偿了，你们两个人自己协商吧，蒋小王你先说。

蒋小王说，我核算过了，我要索赔二十万。

李进奇跳了起来，二十万？你把我卖了也没这么多钱呀，蒋小王你懂不懂法律的？

法官说，你也不要急呀，他漫天要价，你也可以落地回价，现在是市场经济了呀。

李进奇说，蒋小王呵，你真是狮子大开口，二十万，你怎么想出来的，我一条腿断成这样，也只开口要了八万，你竟讲得出要二十万，真是。

蒋小王说，腿毕竟有两条呢，坏了一条还有一条，也只能开这个价了，腰可是只有一条呵。

李进奇说，我要两条腿全断了也到不了你这个价呀。

法官说，那依了你赔多少呢？

李进奇想了想，连医药费在内十万，十万行不行？

蒋小王说，十万，但医药费另算。

李进奇说，蒋小王呵，做人要凭良心的，我在家里待得好好的，你要我去打人，我不小心打到你了，你把我告到法院里，我也不怪你，你现在一开口就是天价，我拿什么还？你说，我拿什么还？我老实对你说，这十万，八万要我去打官司打来，还有两万还不知在哪儿呢。

蒋小王看了看李进奇，又掉头看了看法官，要不，就十万吧。

法官说，是呵，冤家宜解不宜结嘛，这样的结果也算是双方满意了，来，上这儿签个字吧。

蒋小王说，谢谢，谢谢你们了，过一会儿一起吃个午饭吧。

法官说，不要客气了，你们自己去吧。

蒋小王走出法院大门时，一眼看到秀珍站在门前的台阶上，蒋小王就伸出手指来做了一个胜利的标志，蒋小王觉得自己做这个动作的姿势有点潇洒。秀珍就朝他笑一笑。

秀珍说，蒋小王，我都想好了，你伤成这样，我不能再拖累你了。

蒋小王说，你这是什么话，你这样说也太见外了吧。

秀珍说，真的，我都想过了，我情愿自己受点委屈的。

蒋小王说，你是不是又和别人好了，他是谁呀？

建平。秀珍说，事情全是他引起的，我就拖着他，也不能太便宜他了，是不是？

十五

蒋小王再见到李进奇的时候，就觉得自己是来问他要钱来了，他觉得这真是有点伤了和气。

李进奇说，蒋小王，真不好意思。

蒋小王就说，我不是来问你要钱的，真不是来问你要钱的，你不要误解我。

没有过去几天，李进奇来到蒋小王家里。

李进奇说，蒋小王，我不是来还钱的，我暂时还有一点难处，我来是想给你介绍一个女朋友。

蒋小王说，这不行的，这怎么好意思呢，你自己还没有女朋友呢。

李进奇说，也不是特地为你去找的，是家里现成的呀，她是我的表妹，也到了婚嫁的年纪，我又不能和她谈的，我们是近亲哎。

蒋小王说，那也不太好呵。

李进奇说，你就不要和我客气了，人都来了，新意，你进来吧，你不是要找个知识分子吗？蒋小王是坐科室的，你看他的样子，文诌诌的，多像知识分子呵。

蒋小王和新意谈了一个多月恋爱，第一次上街去。天快冷了，新意替表哥买条电热毯；蒋小王为新意买两块巧克力，他自己喜欢吃牛肉干，也称了半斤，然后准备去看电影，却没有合适的片子。

我有个去处。

蒋小王把新意带到大公园。大公园是这个镇上唯一不收门票的公园，公园后面有个防空洞，十年前就有了，蒋小王念小学时，常来这儿玩。他俩转着转着，蒋小王就带新意钻到防空洞里去了。他们根本没有想到门会关上，实在是一家公司准备租用它做仓库，今天把门打开是为了透透气，到傍晚就把门关上了，人家当然没有想到会有人进去，偏偏蒋小王和新意在里面。

起初他俩天南海北谈得很起劲，后来蒋小王伸手握住新意的手，两人就默默地坐在黑暗中。新意想抽出手来，但蒋小王就是不松动。当他们想到回家时，门已经关上了。

他俩想起回家时，防空洞的门却关紧了，洞里黑乎乎一片。

蒋小王掏出打火机，一根火焰孤零零地打亮了。蒋小王又用脚使劲踢门，"呼呼"的声音在洞中荡开来，只是门毫不动摇。新意着慌了，怎么办呢？我还要上夜班。

蒋小王又踢了几下，"呼呼"的声音像水波一样漫开来。

咱们喊吧。新意说。

喂——开门。

声音被门挡在洞里了，异常地好听。

看来要到明天早上才有人来了。蒋小王说。

那怎么办，我还得上夜班呢。

蒋小王不说话。

新意懊恼极了，这个男人怎么会想起把女朋友带到这种地方来，肯定就是不怀什么好意的，自己也真糊涂，怎么就进来了呢？当时她是想说不要进去的，可不知怎么没说出口。

新意垂头丧气地坐到地上，蒋小王也跟着坐下来。

你怎么会想到钻进这种地方来的？

刚才，刚才不是下起雨来了吗？我想避一避，就，就⋯⋯

刚才的确下雨了，所以值班的人赶紧来关门，但他俩已经进去了。

新意不愿再说什么，实在说了也没有用，一切都要等出去以后了。

他俩就这样坐在黑暗中。

蒋小王想靠过去些，但生怕新意生气，他也喊得乏了，踢得累了，他很想静静心，又静不下来。

新意要升值班长了，升了值班长就不用挡车，就轻松得多。现在莫名其妙地不去上班，自然要有影响，若是传出去和男朋友在防空洞里宿了一夜，事情必定更糟。

动什么脑筋。

新意还想再说上两句，又终于没说，她想小便了，一时不知如何是好。

蒋小王有点生气了，他也没想到会发生这样的事，现在人出不去，已经够烦的，新意再闹情绪。最后他又克制住自己，不发出声音来，但脸色很不好看。

有的人坏在女人手里，有的人坏了女人。蒋小王算过命，那瞎子说，他是前一种，现在新意却遭了他的连累。或许今后是坏在这个女人手里的。蒋小王想。

蒋小王上小学时，星期三下午不上课，就常和同学一起到大公园玩，有时捉迷藏。这防空洞是蒋小王第一个发现的，他读五年级的时候在无意之中发现了这个洞，他就藏进去，靠了

蚂蚁上树

这个洞以后常常能躲过同学的追寻。

他班级里有个叫秀珍的女生，和他还是邻居，有一次和他一起躲进了防空洞。

他们会不会找到我们？秀珍问。

不会的。

我的心都快跳出来了，你摸摸看。

秀珍拉过蒋小王的手，按在自己胸口。

蒋小王碰住个突起的点点，还在"扑扑"地跳动着，他不知如何是好。

蒋小王，我以后嫁给你，好吗？

我不，我长大了要当解放军的。蒋小王将手缩回来。

他们不说话，待在洞里好一会。

出来的时候，同学们都不见了，他们找了一遍，仍然没有，就只好自己回家去。

那时的防空洞根本没有门。

蒋小王，那事可不要告诉别人。秀珍最后说。

啥事？

就是我说要嫁给你的那事。

嗯。

……

蒋小王，蒋小王。新意终于忍不住了。

哦，怎么啦？

哦，我要小便。

蒋小王想了想，就让新意往洞的深处走一些，实在也只好这样。

"哇。"新意在黑暗里叫了起来。

蒋小王赶紧摸过去。

新意解裤子时，皮带敲在大腿上，她以为是一只老鼠，待明白过来，有些不好意思。

蒋小王尴尬了，他想去抓住意的手，又觉得不合适，便说了几句安慰的话。

他们坐得靠近一些，新意就吃巧克力，因为她感到饿了。

十六

后来秀珍越长越好看，再后来就和建平谈恋爱了，建平其实长得难看，但秀珍肯定会将他的手放在自己胸口的，蒋小王常常这样想。

以前，蒋小王下班后吃了晚饭就没事了，坐着等看电视，因为故事片或连续剧以前总是广告，播放广告的时候，蒋小王就想这些事。现在他交上新意，吃晚饭后就往她家里跑，这些事便淡了许多。

新意不难看，却不及秀珍。

新意的身材很好，新意笑得很甜。

新意吃了一块巧克力，又感到渴，只是水一点儿没有，她只好忍着了。

明天就好了。

怪不得这两天右眼皮老跳，果然出事情。新意想。其实不过和蒋小王瞎谈谈，她表哥说这个人老实，她倒不太喜欢，没有爱又没钱没势的，结什么婚。

新意在编织厂工作，见得多了，加上也谈过几个男朋友，现在还有别的男人正追她呢。

这男人有点愣头愣脑的……

新意渐渐乏了，就合上眼睛，合上眼睛，就睡了。

新意，新意。

蒋小王轻轻喊了两声。

新意睡着，头不知不觉靠在蒋小王肩上，而蒋小王也想小便了。

十七

他俩再醒来时，已是第二天七点多，蒋小王饿了，就拿出牛肉干来吃。

怎么还没人来开门？

他们可能是八点钟上班。蒋小王说。

我还要到厂里去请假，全怪你。

怪我，怪我，就只知道怪我。

新意是顺口说的，没想到蒋小王的嗓门会大起来。

你还凶，不怪你怪谁？碰得着你这种男人的。

你这种女人也是少有的。

蒋小王倒是真来气了，这气昨天就有了，反正马上能出去，气不发出来总觉得有件事没了结。

新意是打定主意和蒋小王分手了的。

过八点门还没开。

怎么没人开门？新意没好声气地问。

可能八点半上班。

但过了九点，门依然关着。

你喊喊看。

蒋小王踢几脚门，又大声喊着。

声音在洞中荡开来，结实而深远。

会不会这门不是常开的？

经新意这么一说，蒋小王也慌了。

新意数落几句，就闭上了嘴，一来口渴，二来情况似乎非常不妙。

蒋小王也不接口了。

昨天的雨还没停，雨点也很大。

但他俩坐在里面是不知道的。

要是出不去怎么办？新意的声音柔和多了。

蒋小王不能回答，他也不知道怎么办。

不知要待多久，或许五天，或许就不能活着出去了。他们想。

蒋小王的心一阵战栗。

是我害了你。

蒋小王伸过手抱住新意。

新意下意识想躲开，但终于没有。

没一会儿，他俩都感到饿了，就一人吃了几块牛肉干。

蒋小王还想设法出去，就起身去摸墙壁是水泥的，他往里走走，仍然是水泥的墙壁。

蒋小王绝望地瘫在地上。

他莫名其妙地仇恨起秀珍来，或许就是想起了她，才进洞里来的，又觉得很对不起新意。

他就回到她身边，抱住她，吻她的脸，她的脸上湿湿的，是泪水。

我对不起你。

别说了。

新意也凑上去。她吻过男人的脸的，只是她没吻过蒋小王，蒋小王的脸颊竟这么充满生机和活力，这种感觉是新意从未体验过的，而她也从未这么认真这么忘我地吻过一个男人。

要是能出去，我们就登记结婚。

嗯。

我们还要好好去吃一顿。

嗯。

蒋小王想，新意真好，新意待他太好了，于是他的脑子里又唰地冒出秀珍，秀珍肯定是负心的女子。

蒋小王就将右手蠕到新意胸前。新意不作声，过了会，也把自己的手按在蒋小王手上。

蒋小王的手掌中，撑满一团温柔而甜蜜的感觉，蒋小王的眼前闪过一些春天的图像。

蒋小王，我其实不是一个好女人。

不，你是一个好女人。

不，我是个不好的女人。

新意想说什么的，这时蒋小王的手轻轻动着，伸到新意的衣服里去了。

男人都一样。新意想。

新意厂里有个叫军军的小伙，长得挺帅，好多女孩子都追他，可他偏盯着新意。新意倒不是喜欢他，只是搞不清怎么回事，还是和他交往了。

去年元旦，厂里放假，新意在车间值夜班，军军就去陪她。

军军穿一件黑颜色的长大衣，进了值班室就把大衣脱掉，他穿的是蓝毛衣和牛仔裤，显得很魁梧，像电影里的警察。新意就多看了几眼。

军军没坐上一会，就移到新意身边。

新意在打毛衣，感到他已坐在自己身边了。

军军把一只手搭在新意肩上，另一只手就放在新意胸前。

新意赶紧避开。

你不要下流。

军军也站起来。

新意下意识地看看门窗，不再说什么了。后来新意让军军住下陪她。军军的身体似乎比新意家里的小床还要阔大结实。

第二天，新意就和军军分手了，军军还一直去找她，但她从没理睬，她有新的男朋友了。

新朋友是部队里的，还是连长，他也摸过新意的胸脯，还哆嗦着说，他要升团长了，以后就可以把新意带到部队上去。

蒋小王的手一动一动，新意也激动了，伸手抱住他的脖子。

他们接吻的时候，都品到一嘴咸腥味，他们的嘴唇都出血了。

这样又过了一晚。

第三天。

牛肉干全吃光了，新意拿出最后的一块巧克力，一分二。

你吃吧，你要活着出去。

不，我们死活在一起。

蒋小王接过来，掰下一点儿，其余的悄悄放在一边。

这门是不会开了，他们想到了一起，门果然没开。

蒋小王搂住新意，蒋小王想该讲段笑话，让新意开心，可怎么也想不起来，最后终于凑了几句，但一点也不可乐。

新意假假地笑笑。

蒋小王突然想起中学里语文课上老师讲的望梅止渴。

他就讲起曹操什么的。

新意只好让他讲下去，还说：真的嘴巴不干了。

接着他们静静地坐着，不说话，实在也太乏了。

以后人家从防空洞里发现他们，该怎么想，同事和熟人会讲些什么。

蒋小王抚弄着新意的头发，又抱住她。蒋小王去解新意的皮带。

等等。

新意想起给爷爷买的电热毯，就取过来，铺在地上。

蒋小王显得手忙脚乱，很快就精疲力竭，他再去吻新意，新意已泪流满面。

蒋小王，我不是好女人。

新意讲起她和军军的事，她不知为什么要讲出来，讲完了就感到轻松踏实。

蒋小王很严肃地说：

你是个好女人，我一定要娶你的。

但新意一点反应都没有，新意晕过去了，蒋小王急忙地摇她。

蒋小王，我……饿……

蒋小王也饿。

他突然想起巧克力，却怎么也找不到，最后摸索着，感到是在电热毯下面。

巧克力已经化掉了。

新意，新意，这儿有巧克力。

新意艰难地掉过脸，新意舐到点甜味儿，甜味儿在地上。

你也来。

嗯。

他俩就弓着身子，你舐一下我舐一下，舐完地上的再舐电热毯上的，他们的样子，生动得像两条狗儿。

蒋小王用最后的力气，将新意的皮带系好，又理了理她的头发。他自己解裤子时掉了一个扣子，他就坚持着将其余的扣子扣好。

蒋小王沉重地倒在新意身边。

外面雨停了，新意听到很亮很亮的阳光和很响很响的声音，像是什么大爆炸。

"嗡。"

她挣扎着睁开眼。

阳光锋利无比，刺入眼睛。

十八

防空洞的经历，加速了蒋小王和新意的感情历程。进防空洞以前还在初恋的楼下徘徊，出了防空洞，二人已经迈上了婚姻的楼梯。

蒋小王要结婚了。

好长一段时间，蒋小王和新意都在努力布置新房。蒋小王住的房子，还是他爷爷留下来的，旧了，也不太大，但经过他们两个一点一滴地收拾，明显给人焕然一新的感觉。蒋小王在房间里涂上最后一笔颜料，放下刷子，洗洗手去单位了。他要去开结婚介绍信。

蒋小王说，我要结婚了，麻烦你们开一张介绍信。

领导说，蒋小王你来了，我们也正要找你呢，你休息了这么长时间，应该来上班了，单位里也要开始搞优化组合了。

蒋小王说，要么先让我结一次婚吧。

领导说，你考虑清楚了，我们接下来是竞争上岗了。

蒋小王说，俗话说天还不打吃饭人。

领导说，可你这是结婚呵。

蒋小王说，他吃饭人都不好意思打，不见得会打结婚人。饭一日吃三顿，婚一世也不一定能结到三次的呵。

领导说，你好自为之吧。

蒋小王拿着介绍信从单位里出来，他不想把这里的这一点不愉快告诉新意，他只对新意说，都准备好了，我要给我父亲写一封信。

新意说，你的父亲年纪也不小了，怎么还不复员呢？

蒋小王说，我也不知道。

新意说，那你就写信吧。

蒋小王就提起笔来写道，父亲呵，告诉你一个好消息，我要结婚了。

没有多久，蒋小王父亲的回信也来了，信上说，儿子呵，我也告诉你个好消息，我要复员了，还给你找了一个新妈妈，我要带着她一起回来，我们一家就要团聚了。

十九

这是蒋小王小时候的事情。

李向阳对松井说"放下武器"的时候，松井恶狠狠地举起军刀。李向阳说，我代表人民，判处你死刑。李向阳枪声响起时，蒋小王也叫了出来，那一个，就是我爸爸。

看着其他打仗的电影，《渡江侦察记》或《智取威虎山》，蒋小王也这么说。《第八个是铜像》，学校也组织观看了。战斗最激烈的当口，蒋小王叫道，看，我爸爸。

坐在他边上的同学说，这是外国人呀。

你不懂的。蒋小王说。

蒋小王的父亲在部队里工作，难得回来歇假期了，就到学校看看，和老师碰个头，再到蒋小王班级门口转一圈。蒋小王的父亲反搭着手，笑眯眯地走过三（1）班窗口。

我爸爸有枪的，驳壳枪，藏在衣服里边的呢。下了课蒋小王骑在桌上，飞舞着手告诉同学。

学校举行主题班会，班主任说，我有个主意，我班上同学的爸爸是解放军，正好回来休探亲假呢，我们请他来讲讲传统，讲讲战斗故事。

校长想了想对班主任说，也行，你去联系吧。

蒋小王的父亲，挺拔而魁梧，只是看上去有点儿老眼，头上还闪烁着一些白发，是一副有了年纪的样子。

要说是蒋小王的爷爷，也能相信。蒋小王的班主任心里说。

讲传统，讲故事，行呵，我星期三过去。蒋小王的父亲是很爽快的。

星期三上午，班主任在走廊上遇到校长。

要不要写个欢迎标语？班主任问。

什么标语？欢迎什么？

就是……那个，下午要来的同学家长解放军。

哦，哦，要写一个的，就写在校门口的黑板上吧。校长走开两步又掉转头来关照：让李老师画一点花边。

李老师是教美术的。

蒋小王的父亲是团长呢还是政委呢？她不知道，实在当时也不好意思去问。班主任想了想，就拟了一句："热烈欢迎解放军叔叔蒋四大。"

蒋四大是蒋小王父亲的名字，这也是学生登记表上查出来的。

蒋四大，这个名字真有趣。班主任想。

蒋四大走进大礼堂，同学们一下子爆出热烈的掌声，蒋四大笑呵呵地挥一挥手，然后自在地在讲台前面坐了下来。大家就安静了。

同学们，你们在这样好的环境里读书学习，多幸福呵，这些老师……多好呵。

蒋四大想说一些开场白的，却又在一时间不知说什么了，就很机敏地呷了一口水。

今天，我来这里讲传统讲故事，传统，几句话就能讲清楚的，所以我就先讲一讲吧。这传统呀，就是革命传统，革命传统是什么呢，我认为，就是一不怕苦二不怕死。就是发扬革命传统，争取更大光荣。好，下面我们就开始讲故事，我先讲一个最好听的，说是许仙正好在杭州西湖边上玩，突然之间天上下起雨来了，许仙出门也忘记了带伞，就想要找个地方躲雨，许仙抬起头来，正好看见两个标致女人立在他的面前……

蒋小王拉一拉一边的女同学，我知道的，我知道的。女同学瞟一眼班主任，没有理会他，他转过头对后边的同学说道，那两个女的是蛇呀。

坐在蒋四大身边的校长咳一声，然后拉拉蒋四大的衣袖道，讲一些部队里的战斗故事吧。

马上马上，讲完这一个。蒋四大的兴致正在高起来。

还是换一个英雄人物的故事吧。校长的脸儿拉了下来。

那我就讲一个雷锋叔叔的故事吧，有一天雷锋去街上玩，路过一个建筑工地，正赶上要下雨了，砖头呀水泥呀却还在露天放着，怎么办呢？雷锋叔叔二话没说，卷起袖管就……怎么啦，小同学？

举手要发言的同学立起来说道，雷锋叔叔不是去街上玩，雷锋叔叔是肚子痛。其他同学随即七嘴八舌，说是拉肚子或是去卫生所。

我爸爸知道的，我爸爸和雷锋叔叔是一个部队的。蒋小王左左右右地说。

下午

校长立直身体摆摆手，同学们静一静，同学们静一静，下面我们用热烈的掌声欢迎蒋叔叔为我们讲一个他自己部队上的故事好不好。

哗哗地掌声响起来。蒋四大觉得同学们的手臂在眼前晃来晃去。

好，我就讲一个军爱民民拥军的故事吧，这事儿发生在今年春上，养过猪的都知道，这该是猪交配的时候了，同志们大家都在为这事儿忙着，可我们队里的种猪突然病倒了，班长说要不就凑合着让它上，我说不行，这怎么行，凭我养了这么多年猪的经验，这是绝对马虎不得的，正在大家犯愁时，门口一阵响动，你们猜怎么着，是乡亲们赶着生产队的种猪来了……"

校长真的想要打断的，却还是让蒋四大讲完了，待他喝一口水的时候，校长急忙示意少先队上来献红领巾。

蒋四大高大的身躯弯得低低的，直起身来，就庄重地向大家行了一个军礼。

这时候鲜艳的红领巾飘扬在蒋四大的胸前。

二十

蒋小王的妈妈，有一个很好听的名字——雪芬，蒋小王四岁那一年，雪芬给部队上写信。雪芬说，四大呵，你快复员回来吧，孩子想你了。蒋四大回信说，我也想孩子呵，但是部队离不开我，我也离不开部队呵。雪芬又写信到部队上，雪芬说，四大呵，其实不是孩子想你，其实是我想你呵，你回来吧。蒋四大说，我也想你，但我还是不能回来。雪芬说，四大呵，你是好人，可我只想跟你好好过过日子，你要不回来，我要和别人去过日子了。

雪芬本来是要带上蒋小王一起去的，蒋小王的爷爷说，雪芬呵，你要走就一个人走，不如把小王留下来吧。蒋小王就这样留了下来。

蒋四大离开部队的时候，首长前来欢送他。首长说，蒋四大同志，二十多年了，你为部队培养了几十代的猪，真是贡献巨大呵，我们请示了军区首长，准备在你家乡买一套房子，奖励给你。蒋四大说，不用，真的不用，部队的钱都是军费，给我买房子，怎么说得过去，我们家有房子的，我父亲留下房子来了。

蒋四大终于回到了故乡，到了家里，走进蒋小王新房的时候，返身对阿花说，阿花你看，这就是我父亲留下来的房子。阿花你看，我儿子知道你也要来，全都收拾好了呀，阿花你这一路上也累了，不如先在这躺一会儿吧。

阿花就是蒋小王的新妈妈，也是蒋四大部队驻地附近村庄里的养猪能手，当然她的不少招式全是从蒋四大那儿学来的，他们常在一起切磋养猪的技术。二十多年了，也是日久生情，蒋四大要离开部队的时候，一股依恋之情在阿花心底油然而生，阿花就是这样跟着蒋四大一起回来的。

四大哥，你真好。阿花在蒋小王的婚床上躺下来，双眼望着蒋四大，深情地说道。

阿花在这一张床上躺着的时候，新意来了。

新意带着一些日常用品来蒋小王这里，新意推开房门，一眼就看见了躺在床上的阿花。新意就大声叫了出来，蒋小王。

蒋小王立马过来，使劲地把新意拉到一边，嘘，嘘，轻点，你轻点。

新意说，什么轻点？我怕什么？我怕什么？我又没做亏心事，你倒好，你倒好，我在外面忙这个忙那个，你倒好，背着我和别的女人……

蒋小王一把将新意的嘴紧紧捂住，她不是别的女人，她是我的新妈妈。

然后蒋小王把自己父亲带着新妈妈回家的事说了一遍。

你是说，你是说你要把我们的新房让给你爸爸？

那有什么别的办法？

看来这事比你和别的女人睡觉更糟。

你不要急，我会想办法的，我会想出办法来的。

那你，想出办法以后再来找我吧。

二十一

上级安排蒋四大的工作是在车站派出所当联防队员。蒋四大高高兴兴地去了，他觉得这个工作的性质还是靠着部队近的，也有一些意义。其实上级交给他的任务只是维持好广场上的秩序，主要就是自行车之类的不要乱停乱放。

蒋四大立在广场上，正在四下里看着。一辆摩托车"呼"地从蒋四大身边一擦而过。

蒋四大只觉得一股黑色的风吹过他的身上，还感到自己的身体晃了两下。待蒋四大回过神来：那不是风，是摩托车时，摩托车已经停住了，车主正要掉过头朝候车室去。

哎，你这车怎么停的？你回来停好了。

车主立住身体，看一眼蒋四大。算了吧，这么大的广场，没关系的。

大家都像你，横七竖八的，怎么得了？你放好。

车主就过来，将摩托车放整齐。

到了傍晚，车主来了，他找到蒋四大，车主说，我的摩托车不见了。

怎么可能？我一直是在这里巡逻的呢。

蒋四大跟着车主过去，夕阳照耀在广场上，广场是空荡荡的，那一辆摩托车真的不在了。

他们一来到派出所，刘警长说，老蒋呵，你有没有什么线索。

蒋四大想了想说，有的，有的，我看到过一个人，不是太正常。

刘警长打开电脑，弄出一个头像来。

你看看，是不是这样？

刘警长将鼠标点了几下，显示屏上的头像即刻闪烁成了另一副样子。

蒋四大认真地对着看着。蒋四大说，再胖一点，是了，还要胖一点，头发，头发不是这样式，中分，是了，是了，就是他。

刘警长泄气地将鼠标一扔，蒋四大你帮帮忙好不好。

是这样的，就是这样呀。

蒋四大喃喃地说道。蒋四大以为刘警长发脾气是没有来由的，派出所的人向来就是这样没有来由地发脾气的。但蒋四大掉过头去时，就明白过来问题是出在自己身上。蒋四大掉过头时，眼光落到一边的墙上。墙上是派出所全体干警的照片，全体仪表堂堂的干警目光炯炯地看着蒋四大。正当中的，是火车站派出所的李所长。

蒋四大是来协助辨认嫌疑人的，在蒋四大的协助下，勾勒出来的嫌疑人，竟是李所长。蒋四大再对电脑看一眼，的确的，要穿上了制服，就是活脱脱的李所长了。

下
午

蒋四大有点没趣地走出派出所。

蒋四大要做的工作其实还是比较简单的，他依旧在广场上走走停停，再四下里看看，一副无所事事的样子。自己也觉得太清闲了，应该找一点事情做的。蒋四大这样想的时候，刚好有人要推走放在广场上的自行车。但是自行车突然产生了故障，推是推不动了，只好将车子拥起来。

蒋四大看着他没走几步就停住了。而他还是走了好一段路程的，实在是广场太空旷了，太经得起走了。他停下来四下里张望。一辆出租车恰到好处地在他身边停下。就在他和司机将自行车抬起来的一瞬，蒋四大的脑子里"唰"地一亮，有了。

蒋四大想到自己可以为大家修理自行车，不是为了挣钱，是尽义务的。

蒋四大要在广场上义务修车的原因有以下三条：一、广场似乎是一个自行车容易出毛病的地方，蒋四大在广场上看到自行车突然出故障也不是一次两次了；二、蒋四大一向有较好的修车本领，这是他的一技之长，有时在半路上车子坏了，拿到车摊上，摊主先这么一下，再那么两下，蒋四大在一边看到了就说，不对的，不对的，应该是先那么两下，再这么一下，这样省力，修得也好；三、蒋四大很珍惜这一份工作，他希望自己能表现得更好一点。

第二天蒋四大上班时就带着一些工具来了，扳手、钳子、胶水、半截车胎和一只豁口的塑料脸盆。蒋四大不能将这些工具总是提在手上，他想着要找一个安置工具的地方，就往四下里看看。这时候有一个人推着自行车过来了。

蒋四大说，你的自行车坏了，我来替你修修吧。

那人说，不好意思的。

蒋四大说，没关系的，我不收你钱的。

那人说，那更不好意思了，你是不是要我帮你什么忙？

不是。

你会不会向我推销什么东西？

不会，我是联防队的呀，这片地方就是我管的呀。

那，那就麻烦你了。

蒋四大放开摊子没多久，工商局的人来了，说，你也真够胆大的，跑到广场上来修车了，带走。

那人急了，我不让他修的，是他一定要修，因为他是联防队的。

工商局的疑惑地看了看蒋四大，蒋四大认真地点了点头。工商局的就拿起电话打了一下，没一会，一辆警车长鸣着穿街而过，然后在广场戛然而止，李所长从车上走了下来。

蒋四大你搞什么搞？

李所长，我不是……其实我是……

好了好了，我正经事情还忙不过来，快把东西收拾起来。李所长又掉过头对工商局的说道，谢谢了。

蒋四大收起工具，无精打采地回到家里，遇上的是更加无精打采的阿花。

阿花的问题是把所有的事物都和猪联系在一起，看到人家天真可爱的孩子，她说，多好的孩子呵，和刚生下两个月的小猪似的。看到人家宽宽大大的房子，她说，多好的房子呵，跟部队新造的养猪场似的。

阿花来到菜市场，经过一个一个猪肉摊点，就指指点点说一番，这只猪阑尾炎没治好，这只猪屠宰前正好是病毒性感冒。

所以所有人见了阿花，能避远就尽量避远一点。

阿花一看见闷闷不乐回到家里的蒋四大，就忍不住哭了，四大哥，我们还是回去吧。

蒋四大想了想，也好，部队上要是不收留，我们就回村里去养猪。

蒋小王听到父亲和新妈妈要走的消息，叫上李进奇一起，急着去找新意。新意新婚不久，正好回娘家来。

新意说，周围的人都知道我要结婚了，你这样拖着，我怎么办？我没有办法，只好另辟蹊径了。

蒋小王说，现在我这里是解决好了，你是不是再回来啊。

新意说，我已经错了一次，我不能再错第二次了。

李进奇说，我欠了蒋小王的钱，一时也还不出，我来说句话，能不能在同等条件下，先考虑蒋小王。

新意说，你当我什么呀？抵债物资？真是的！

蒋小王说，不是不是，我没有这么说，我是想说……

新意打断他，你不用说了，我男人马上回来，看见了也不太好，你们走吧。

好几年以后，有一次新意带着女儿走在街上。看到有个人正在讨价还价买青菜，缠了好长时间，摸出五角钱，再接过一把青菜，压在自行车后车座上，完了提起袖管擦下鼻子，再掉转头，把青菜放得更整齐些，然后推起破自行车走了。

这人自然是蒋小王，他见老了。

二十二

蒋小王再回到单位上班的时候，领导说，你原来的工作已经有人了，现在把你调动到运保科上班，你去吧。

运保科的全称是货物运输和仓库保管，这一个名字太长了，在实际运用中，一般是称运保科。

货场上的仓库排成一排，看起来像是放大了的车厢，一节一节地连在一起。正这样想的时候，还觉得真的动了一下，但蒋小王没有说出来，而且蒋小王也不常去仓库他只和师傅待在仓库边的一间小一些的屋子里。他待着也不说话，师傅就不觉得有他这么一个人存在。

师傅将 1 号仓库的货物拿出来，放到站台上，将 2 号仓库的货物放进 1 号仓库，然后再把货场上原来是 1 号仓库的货物放到空出来的 2 号仓库去。过一天，师傅又将 3 号仓库的货物拿出来，也是放在货场上。待 3 号仓库空荡荡了以后，再将货场上的货物放回去。待后来师傅又要将放在 2 号仓库，原来是 1 号仓库的货物再放回到 1 号仓库去了。师傅立在货场里，一副运筹帷幄的样子。

师傅正指指点点着，突然停了下来，然后抬起头看着天空，打了一个高亢嘹亮的喷嚏。

蒋小王认真看着师傅打了一个喷嚏，心想：真无聊。蒋小王这样想着，走出货场，骑上自行车，往家里而去。

没多久马路上闹哄哄的，汽车接着汽车停在那儿，像串着的螃蟹，一定是出交通事故了。再向前，挤了一大堆人，蒋小王觉得这么早回家也没事，就将自行车锁在一边，钻进人堆。

果然是汽车撞了人，地上一摊血，红灿灿的，如一面招展的红旗。

让开，让开，交通大队来了。

交通大队的人来了，他们是警察，很严肃，站在那的人，都觉得这件事故和自己有关似的，莫名地不安起来，对警察也更敬畏了。

他们用尺量了量，再在本子上记录着，最后说，谁在现场？谁是目击者？

立刻有三个人站出来。

我也是。蒋小王立出来说道，他的心里想着，反正人家怎么说我也怎么说就是了。

那警察果真说，麻烦你们去一趟交通大队，我们再了解些情况，请上车吧。

坐在面包车里真舒服，软软的松松的，一颠一颠的，蒋小王希望去交通大队的路长一些。

沿街的树绿得很惨，路上的行人神色镇定，他们肯定和车祸无关。

喂，这一位，不要把头探到窗外去。

交通大队的车子最注意安全。

面包车果真绕了道，去了趟医院，顺便将肇事的驾驶员也带上。

这时那个不幸的人抢救无效已离开了人世。

他本该活得好好的，或许现在正在看电影或许要去约会，某一个女孩子正情意绵绵地等在路口。这个驾驶员真太残酷了，但要是他避开了这次不幸，而我正骑在他后面，那么现在安息的就是我了。

想到这些，蒋小王就开始对驾驶员有些仇恨了，也暗暗替自己庆幸。

驾驶员是位很美丽的女青年，蒋小王从未见过像这样出色的脸和身材，就多看了几遍，多看了几遍也就恨不起来了。

她端坐在靠顶椅上，并不显得惊慌。

警察进门来，在写字台前坐定，让大家谈谈事情的经过。

一个说，汽车开得很快，那人穿马路，汽车响了响喇叭，那人站定，汽车就将他撞倒了。

另外两个人也紧跟着这么说。

不是，不是这样的，我……

请你别插嘴。民警制止了驾驶员以后，又对蒋小王说，你谈谈。

蒋小王明显地感到他们都盯着自己，女驾驶员的眼睛里，含着两颗眼泪，蒋小王看看她，蒋小王的脸正映在她眼中。

是那人自己撞到汽车上去的。蒋小王说。

那么你当时站在哪呢？

我停在人行道上。

为什么停着呢？

我正看着那个人。我感到那个人有点怪。蒋小王顿了顿，脑子里转动着，该怎样接下去，警察示意蒋小王快说下去，警察的眼睛小小的，像两滴墨水。

接着，接着，他就向马路对面去，又突然转过身子，正好汽车开来，他就一撞，一撞就撞上去了，撞上去就倒下了。

真是这样的吗？

是的。蒋小王咬咬牙说。

是这样吗？警察又问驾驶员。

是这样的。她毫不迟疑地回答。

蒋小王感到另外三个人狠狠瞪着蒋小王，瞪得蒋小王似乎喘不过气来了。但他们也没再说什么。

这样的话，警察说，你们在记录上签个名，先回去，让我们再作做进一步的调查。

四点半，正好是蒋小王原来下班的时间，只是蒋小王还得去挤公共汽车，到刚才出事的地方去拿自行车。

蒋小王忍不住回头又看一眼驾驶员。她立刻朝蒋小王笑一笑，她的笑像一只切开的橘子，鲜艳动人。

别人不娶她，蒋小王肯定会娶她，只是别人也肯定娶她的，所以就轮不到蒋小王了，就像死的是那个人不是蒋小王一样。

二十三

有的人即使是架在你鼻梁上的眼睛，你也会忽略他，不把他放在心上，而有的人虽是萍水相逢，见过了就怎么也忘不掉了，想忘也忘不掉，就像顶上的头发，剃掉了又长出来。女驾驶员就忘不掉，她的脸儿总在蒋小王眼门前晃来晃去。有一次还梦见了和她在一起，蒋小王要去抱她，却怎么也抱不动，蒋小王使狠劲抱，还是抱不动，原来手臂揽着的，是辆大客车。

有一个很丑的老太，是售票员，她在车窗口笑蒋小王。

梦就是兆头，没过几天蒋小王和她真的遇上了。

要结案了，交警大队把蒋小王找去。

交警大队在死者的家中发现了一份遗嘱，原来他是失恋以后，心灰意冷，一念之差，走了绝路。

警察亲手交给蒋小王一百元钱，是奖金，表扬蒋小王实事求是地做了证人，又对她说了些今后开车要多留神之类的话，这件事儿就了结了。

然后大家出了交警大队的门，蒋小王就跟在她后面。

她回过头来看看，又继续往前走。蒋小王就继续跟着，蒋小王还在想用个什么借口去搭腔，只是一时没合适的。

她先进了一家百货店，又去趟厕所，再往前走，就是上次出车祸的地方，她就站停，过一会儿，认真地鞠了三个躬。

她在悼念死者。

她鞠完躬就朝蒋小王走来，蒋小王的脸孔又跌进她的眼睛里，蒋小王觉得今天自己显得很精神。

你很专一。她说。

是的，我一向是，是很专一的，我，我对人没二心，只是，只是我心里七上八下的。

她笑了，这回笑得更好看，但是这回笑得有点牵强。

他们并肩往回走。

你姓什么？

蒋，你呢？

我姓李。

你结婚了吧？

没有，我还没女朋友呢。蒋小王说。

我也没有。

她又说，我们去吃饭吧。说完了就往饭店里走。

蒋小王想她或许要请自己一顿，这实在也是应该的。

他们点了不少菜，还要了两杯啤酒。

其实那天我什么都没看到。

你怎么能这样呢？

她似乎很生气。

可没过多久他们就交谈得愉快些了。

最后结账时是蒋小王不由自主掏的钱，九十五元六角。

下了班蒋小王就去等她。

实在蒋小王不是一定要等她，只是不等她也没有别人好等。

他们总共看了八次电影，其中有两次是上下集的，一次是夜里的双片，去了五次咖啡厅，再上了五次街。然后他们有感情了，就准备结婚。

你真好。

她说着就倒在蒋小王怀里，蒋小王就去抱她，却怎么也抱不起来，原来她的手紧握着一把长靠椅。

别这样。她说。

说完以后就跟着蒋小王回家了。

邻居和从前的同学都说蒋小王运气好，找了这么漂亮的女人，蒋小王想，实在倒也没花特别的气力，你们自己多留心马路上的车祸就是了。

二十四

婚后的日子自然很甜蜜。

有一天她去上班了，蒋小王正好休息在家，蒋小王要从箱子里将冬天穿的衣服取出来，因为冬天就在家门口了。

蒋小王打开箱子，将衣服一件件取出来，箱子就空了，箱子如释重负的样子，好像是感激蒋小王，蒋小王也高兴。

箱子的底下有一只小布包，小布包肯定是小李的，小李是蒋小王妻子。

一层布里面又是一层布，再里面是一只信封，信封里面是一封信。

　　"……我对你的爱至死不渝，我要撞死在你的车前，鉴我爱心。"

等等。

这么说起来，半年多前那趟车祸中的死者竟是小李以前的男朋友。

蒋小王当然很吃惊，小李一回家蒋小王就问起这件事。

这，你还不知道？就这么回事呗，这有什么奇怪的。她说得很轻松，我今天遇到的事才怪呢，有个男的，坐我们的车，坐了一整天，问他干什么，他说没什么，就想看看我，唏，我有什么好看的呢？

小李的确没以前好看。

可那位不幸的死者呢，他在小李眼中是一截抽完以后扔在烟缸里的烟屁股。

所以蒋小王无限幸福。

二十五

汽车很挤，你不能分辨出这颗脑袋是不是另一段身体的。汽车越来越挤，许多许多手，伸展或握着的，使汽车如一条百脚。

因为要下雨了，是猛然间显得要下雨的，太阳本来是有的，太阳悄悄溜走的时候，活像个老练的小偷。

他们都是一副忙忙碌碌的样子，他们莫名其妙地来来去去，像一条冷冰冰的狗儿，他们在下雨以前，匆忙之中透露出一种惊慌。

他们都很惊慌，除了小李和那个男人。惊慌是正常的。

汽车一次次到达终点站，又一次次返回来，汽车在小李的手中服服帖帖。

雨落下来了且越下越大。

汽车最后一次到达终点站时，天色暗下来了。

没人下车。他说。

往哪里开？小李问。

就往那里开吧。

在雨中，车灯的光芒是湿淋淋的。

这一天小李没有回家。

晚上时，电视新闻的最后一条说，"本台最新消息，我市一辆公共汽车下落不明，车上是司机李×及一不明身份的男子，据有关方面透露，该车最后一次在终点站出现是下午6时，目前，有关方面正在积极找寻，若有知情者，可向交警大队举报。"

完了。

完了不久，就有警察上蒋小王家来了。就是那个眼睛像两滴墨水的警察。

你还有什么可说的？他问。

我没有什么可说的了。

那我走了。

再见。

大家都晓得蒋小王的老婆跟别的男人跑了。

反正跑了就跑了。

实在是跑了以后的事情就糟了。什么性解放、性变态之类的，就在蒋小王身前身后传着。

这些是很难忍受的，所以蒋小王只好去找交警大队。

我有话说了。

你先别说，公安局刚才打来电话，说抓到一男一女两个小偷，你去认领一下。

我，我有别的话说。

你先去认领，这是规定。

蒋小王只好赶去拘留所。

那一对狗男女明显是两个外地人。

什么，我是你妻子，好呀，你带我走，今天晚上我就陪你了，咯咯咯。那女人浪笑道。

蒋小王吓得赶忙逃走。

第二天蒋小王去单位上班，刚穿上工作服，主任就来找蒋小王了。

小王，火葬场刚打来电话，让你去一下。

什么事。

这是很触霉头的，你为什么不去呢。

昨天在运河里舀起一男一女两具死尸，因为……你要去认领一下。

主任没讲清因为什么，但蒋小王也只好去了。

两具死尸泡得像两只大面包，但蒋小王还是一眼认出，那女的不是小李。

等等，请在这上面签个字。

蒋小王只好再转过身来，站在死尸边上，签名。签完字，蒋小王索性再对着两位不幸的人，认真地鞠了三个躬。

这天蒋小王还去了趟电台，因为有个女的要寻丈夫，电台有方便群众的服务公约，要蒋小王去认一认。

那女的几岁呀。蒋小王在电话里问。

五十左右吧。

那肯定不是的，我老婆才三十多一点。

你不看怎么知道不是呢？人都有见老或看轻之分的嘛。

蒋小王整天在外面为这些事奔忙，领导也很通情达理，让蒋小王留职停薪了。

死人的事是经常发生的，所以这以后蒋小王经常要去火化场了。

但蒋小王的心情越来越坏，其实谁遇上这样的事都不能乐呵呵。

蒋小王决定离婚。

离婚总要两个人呀，你现在一个人提出来，和谁离。

法院说。

所以蒋小王要尽快找到小李。

二十六

车来人往的上下班高峰，蒋小王就待在路口，完了蒋小王就走街串巷。蒋小王留心所有走过自己门前女人的脸，所有的脸都似曾相识，但她们都肯定不是小李。

她们都很幸福，难看的脸儿也很幸福，好看的脸儿也很幸福。她们两三个结伴而行，或者独个走着，她们的男人不在身边，她们的男人也很幸福。

蒋小王想着想着的时候，错过了一张脸，她的声音从蒋小王身后传来，这声音就是小李的。蒋小王赶紧回身追过去。

她依偎着男人的样子，和小李仿佛。蒋小王看一眼时，她是小李，蒋小王再凑上去，她不是的，蒋小王想再看。

"干什么？"

那男人猛地揪起蒋小王的胸脯，男人的眼中怒火熊熊，这火点燃蒋小王的头发、眉毛，然后好像蒋小王全身都着了，男人的劲很大，蒋小王在他手中，像一只提包。

"我，我找老婆。"

"别理他，马路求爱者，我见多了。"女的出来打圆场。

女的肯定不是小李，蒋小王看清了。

"不行，派出所去。"

算了，电影就开了，我们走吧，女的又附上男人的耳朵，我总归是你的，不就行了吗？

围过来好多人。

"便宜你了。"

男人将蒋小王一提一扔，蒋小王倒在人行道上，像一块香蕉皮。蒋小王站起身的时候，天色已灰暗了。蒋小王看见另一对男女看了蒋小王一眼，急匆匆走掉，他们往东北方向赶，他们赶得很急，所以气喘吁吁。

蒋小王站起身就努力地追赶他们，他们似乎发觉蒋小王盯在后面，走得更快了。

他们消失的时候，蒋小王发觉自己已出市区，出了市区蒋小王再往东北方向走，蒋小王走得掉下了眼泪。

月亮汪汪，像一只瞌睡的老猫。

月光下是一片开阔地，开阔地里停着一辆客车，客车肯定就是小李驾驶的那辆。

蒋小王赶过去时，看得更清晰，是的，就是这辆车。

车门开着，蒋小王急迫地跨上去。

车子里躺着一个人，蹲坐在那人身边的就是小李。

"你来啦。"小李头也没有抬起来。

"我来了。"

蒋小王感到来得很突然很尴尬，或许正好不是当口，所以蒋小王感到心中有愧。

蒋小王站直身体，对躺着的人，恭敬地鞠躬。

"现在还不用，他……"小李说。

小李一开口，那人睁了睁眼，那人一看到蒋小王，似乎一下子踏实放心了，他想说什么，但一句话也没出口，就头一歪，合上了双眼。

小李利索地取下披在身上的工作服，盖住他的头。

"现在要不要鞠躬。"

"随你。"

小李说着就站起身。小李默默坐到驾驶座上。

汽车发动的时候，太阳升起来了，银闪闪的光辉，似芦花飞扬。

一个地方开始升旗，鸟儿们愣愣地扑向天空。

明晚电视

下
午

他反复写着一个地址。

"西美巷 16 号。西美巷 16 号。西美巷 16 号。"

他不能想出什么事来，西垛墙将他封得结结实实。窗是有的，但窗上的轮轴坏了，也就没法拉开。

护士开门进屋送药，量体温。

"我要出院。"

"医生说你的病情有所好转。"每次护士接过体温表，总说上这么一句。

"我要出院。"

"你有信吗？我可以替你传送出去的。"护士一定是看见了他信手涂写的地址。

"我要出院。"

他把声音提得很高，护士惊讶地瞪起眼，不能说什么了，转身走出病房时，觉得他凶狠的目光在她背后灼灼燃烧着。

他莫名其妙地来到这里，该有两个星期了，医生护士白大褂上印的红字，使他依稀知道，这里是传染病医院。他不明白自己患了什么病，也没有生病的感觉。可一个人待在一间病房里又说明了什么呢？还有那些年轻护士生动的目光。

"我会死吗？"他突然想，"不会的，绝不会。"

天色渐渐晚去，他打开灯，拿过刚送来的日报，打开一看竟是昨天的。昨天的已经看过了，他能说出上面的每则新闻、中缝的简讯以及广告。还记得第四版广告中把"电报挂号"写成"电话挂号"了。他就扔开报纸，就势往床上一躺。于是墙上的影子愣了一下后，乘机悄悄溜走了。

下午三点五十分，她被值班主任叫去了。播音员小秦去香港探亲，电视台安排由她临时接替播送每晚的《明天节目预告》。

她心情激动地走出办公室。

分配到电视台后，她担任过一次国产电视剧的配音。那是一部侦破片，开头的时候妹妹推开姐姐的房门，发觉姐姐倒在了血泊中，便惊呼一声："啊——"然后推出片名字幕。随后的情节是妹妹前往公安局，配合警察讲述现场情况。接着，妹妹走出公安局回家，刚推开房门，里屋就窜出一个蒙面大汉，举起匕首向妹妹的胸口刺去。她为剧中的妹妹配音，当妹妹出场两分钟后也倒在了血泊里，她的工作也自然就完成了。

现在能够天天出现在电视屏幕上，虽然是临时接替，可这个"临时"先不妨搁在一边，或许小秦去香港不回来了呢？或许观众纷纷来信，对自己的播音久久难忘呢？

她一边这样想着，一边匆匆去食堂打了晚饭，一吃完她就拿过讲稿练了起来。

"各位观众，现在预告明天的电视节目……"

她自己明显听出来电视的"视"字，这个音没发好。她是南方人，对于卷舌音的处理总不能适意，一不平静就更是如此了。

她去翻出从前的课本及笔记，查对了一番，开始重新练习。

夜晚，电视连续剧以后是晚间新闻，再以后是广告节目。广告连续不断，但她不敢走开半步，生怕广告节目戛然而止，因她的缘故而耽误了观众。

摄像机终于对准她的时候，她抬眼望去，不禁十分悲哀。

现在只有两台打开的电视在收看《明天节目预告》。一位某地司机，奔波一天，看到一半节目已累得支撑不住而睡着了，电视机也忘了关掉。再一个就是他。

"今晚的电视节目到此结束，晚安。"

信号一中断，他把频道调拨了两圈，什么节目也没有了，只能关掉。这时莫名的寂寞突然袭来。

"西美巷16号，西美巷16号。"

他记得这个地址是在用户来信中看到的，他所在的工厂生产电扇。或是一则寻人启事中提到这号牌。别的呢？他实在想不起来。

半夜里窗帘一动一动的，月光从窗口出出进进。

"月光吹动窗帘，夜色瘦了许多。"脑子里冒出这样一句话，他苦笑一下，翻了个身。

第二天晚上，到最后守在电视机前的，只有他了。这时人肯定地感到她的目光是聚在他身上的，便有些局促不安。

她正是看着他呢，只有一个观众，她觉得真凄凉。

"干脆我迈出屏幕去说吧，站在对面，或者坐在他床沿上。"她这样想着，来不及道出一声"晚安"，信号竟中断了。

"怎么没说晚安呢？肯定没完。"他呼地振奋了一下，盯着屏幕，希望重新有什么内容出现。可是已经过了十点，终于什么也没有。

第三天她毫不犹豫地一步走出屏幕来了。

"你好，现在预告明天的电视节目……"

他愣住了，待反应过来，身边一声"晚安"，她已进了屏幕。

"她是怎么来的呢？明天还来吗？"一夜间他只留心这两个问题。

第四天晚上，当她走下屏幕，报完节目正准备返身离去时，他猛地起身，关掉电视机开关。

"这，这，怎么办呢？我要回去的呀。"她急得脸色通红，赶紧打开开关，但信号已经没有了。

"我，我不是故意的，真的，不是故意的。"

当她遇上他诚恳的目光，觉察到他不安的样子，便完全相信他了。

他俩素昧平生，又似乎故友重逢。也不说许多话，他忘了请她坐下，她忘了微笑一下。"这个地址我知道的。"她说。

"西美巷16号，西美巷16号。"他好像也想起来了。突然近在咫尺，实在是相隔迢迢。

他从柜里取出橘子，剥好后塞给她。她扒下一瓣填进嘴里。这时电视机中出现了信号。

"是在催我回去呢。"她说着站起身，信号却"唰"地没了。她准备再坐下，信号又出现了，她只能迈前一步，转头时掉下一颗桔核来，滚了几下，停在他脚边。

当值班主任知道了她昨晚去过传染病医院的病房，生怕她染上病菌，主持节目和大家见面时，把病菌一一传播，不是会影响广大观众的健康吗？便毅然决定不能让她再上屏幕了。

半个月以后，有一部电视剧要她参加配音，她在幕布后，

明晚电视

透过银屏，看到他正心不在焉地守在电视机前呢。

当屏幕上的人群踏着乐曲由远而近，他殷切地睁大着眼睛。

"我在这儿呀。"

她猛地张开了双臂奔出幕布。

这是谁也没有料到的，摄影师一愣，接着赶忙移开镜头，她的影子在屏幕上一闪而过。但他没有看得分明，心想，或许是幻觉吧。

半年以后，就因为这个意外的镜头，她获得了电视剧最佳女配角奖。评委们一致认为她演得逼真自然，使整部剧亮了起来。

她站在领奖台上，透过屏幕，认真地打量着成千上万的观众。

"他呢？他呢？他呢？"

因病医治无效，他已于两个月前的一个傍晚，离开了人世。

棋　道

一

大雪铺满地。

雪花依旧不息纷飞，雪花是一种顽强的、不可一世的生命，当他走出屋子时，这样的感觉愈加鲜明了。

突然飞过一群乌鸦，墨黑的乌鸦飞扬在银白的天地间，一派焕然一新的气象。

"冬天怎么也有乌鸦？"

他似乎百思不解。

再回到屋子里，酒已重新温过了，他在老炭炉前坐定。老炭炉"哔哔剥剥"地响着，使萧条的冬雪天显出一丝生动。

他取过《江湖十局》，却怎么也读不下去。谱上的黑子和白子，像眼睛一样瞪着，他的脑子里，蓦然白茫茫一片，紧接着黑乌鸦翩翩飞舞，一时间他涌起蓬勃的兴奋，这样的兴奋，自击败了棋王石君后，还未曾有过。

天色又暗下许多，他的影子烙在壁上，发出很奇怪的声音来。

书童以为唤他有事，闪进屋内，立在他身边。

"谁是天下第一棋王？"

"当然是你，陶文，陶文是天下第一。"

"我一定要战胜陶文。"

他说得恶狠狠的。

老炭炉闪烁的火焰晃了几晃，又静下来一动不动了。

二

石君不由抬起头，打量着对手。

他不过二十多岁，看起来却像三十来岁或四十出头，他下棋时的神情很专注。除此之外，都很平常。

石君下了几十年的棋，却从未见过这样的开局，第三手下对角星位，第五手棋落在正中央的天元上。

棋谚云："金角银边草肚皮。"可谁都是先下角边，再向中央的，这貌似是没有道理的。但石君细品了一下，却明显地体会出了其中的道理。

任意在两边落子，与中央一子相照应，即显示出成方的痕迹，这或许就是没有道理的道理。这样的构思实在大胆又新奇。

石君依旧按自己的思路走棋，小目双挂，稳健扎实。

两人频频长考，五十余手棋，花了近两个时辰。

第六十手石君靠，打入黑阵，黑六十一飞罩，石君想了几种侵消的方案，都不精彩。

"先生若许可，这棋明天再续吧？"石君探过身说。

"我老师累了。"

石君的学生在一边插话道。

"不，不是，"石君瞪了他一眼，这样的搪塞使他很失面子。

"好吧。"

陶文站起身，离开了桌边。

而石君依旧一丝不动坐在那儿，黑棋的地势太大了，打入的一颗白子，孤零零如灯蛾扑火。石君无可奈何地摇摇头。

三

这是怎样的一块石碑？斑斑点点，读不通一句话，甚至看不清一个字。没有人去留心它，除了陶文。

这是一盘棋局，绝妙的棋局，黑棋将白棋分隔成九块，黑棋气脉相通，意味相贯，超凡脱俗。

陶文如痴如醉地呆立在石碑前，似乎茅塞顿开，却又百思不解。

他不知道怎么会踏上这条路途的，也记不清怎么会发现这块石碑的。

更远的地方，是风景。

油菜花如"嗡嗡"飞舞的蜜蜂，接着是娇羞的桃花，接着是翠柳。

游客融在风景之中，游客成了风景的一部分，而陶文是风景以外的一种东西。

风在很远的地方轻轻吹拂。

以后陶文知道，这黑白如豆的玩意儿，就是围棋，以后陶文出类拔萃，走遍天下无敌手，所以他寂寞。

四

侠客手无寸铁，只有他出手的时候，他的对手才明白他身怀绝技。

侠客是在某一个瞬间懂得一条浅显的事理的，那就是任何的兵器，都有其自身的短处，而任何兵器都有与之相克的兵器存在，比如矛和盾。

侠客出身于武林世家，他祖上传下了许多奇书，都是天下神功的秘诀。

江湖之人，为了得到其中的一本，费尽心机，甚至不惜搭上性命。但侠客在成为侠客以前，就将这些书给了别人。他几乎没读完其中的任何一本，所以他成了当今武林独一无二的侠客。

武林中有一个说法，就是最独到最精彩的一本秘诀，在他手上。实在根本没有这回事。

天罗十八指，是江湖上响当当的门派，掌门人是兄弟俩，人面天罗和佛面天罗，他俩联手，谁也别想攻击到他们，谁也别想逃脱他们的攻击。

除了侠客。

"你武功的秘诀在哪儿？"

"在这儿。"

侠客指了指心上。

"我们掏出来看看。"

"好吧。"

然后，他们出手的一刻，成了他们倒下的一刻。

侠客来无影去无踪，如风。

侠客飘飞而逝。

五

"敢问陶先生的导师是……？"

石君坐定以后，并没有急着落子。

"局外之人。"

"好，好，可惜我石某走了一生的棋，竟没能走出棋局之外。"

石君说完这句话，凝视着走到一半的棋局，好长一会儿，落下一颗白子。

棋谚有："像眼莫穿。"石君这一子，正好穿了像眼。

"好棋，法无定法，非法法也。"

陶文怎么也没想到石君会这样走棋，对于石君，不由更添敬佩。

"既然如此，只得如此了。"

石君说着，又看了眼棋盘。

盘上的白棋伸出两个头来，伸向黑棋的势力范围。

两条白色的鱼儿，游进黑海洋。

你只能封住其中一个头，围棋最令人头痛的是：必须一人下一手。

黑棋枷，白棋跳，黑棋刺，白棋连，黑棋虎。

这是一个双虎，左右兼顾，并且最大限度地控制了白棋的发展。

石君事前已考虑到黑棋所有的应手，同时也都想好了相应的对策，唯独这个双虎，他当然也是想到的，只是这手棋无从对应。

石君险些儿站起来中盘认输，但最后终于没有，因为黑棋还有一个漏洞，唯一的漏洞。

棋
道

白棋小飞一手，压在三线的一颗黑棋上。

局面顿时复杂起来，可以是劫活，可以是对杀。

石君呷了一口茶。

六

陶文行棋过于精妙了，因而他常常输。当他明白过来，他的棋是输在精妙上，一时竟束手无策，因为那一块石碑，他记得太清了，影响也太深了，他无法摆脱，更不能创造。

飘逸流畅的黑棋将白棋团团围着。白棋怎么会落到如此境地的呢？白棋在哪一步是漏着呢？

白棋的确滴水不漏。

黑棋围住白棋的时候，白棋同样围着黑棋，这是一个浅显得一时难以发现的道理，陶文是在一瞬间明白这一道理的，他也明白了石碑真正的精神。

在离风景很远的地方，根本就没有石壁，有的只是墙壁。

空空如也平平常常的墙壁。

七

吹箫人走过竹林。

他能从每一根竹竿中听出箫韵。

他想起许多从前的日子，从前的日子如竹竿，一节一节，分分明明。

那是何等清丽明快的日子，那是何等快乐幸福的日子。

他轻轻吹出一支心里的曲子。

如梦如醒，如痴如醉，如怨如诉，殷殷切切，缠缠绵绵。

箫管里滴出清泪。

悠悠竹林，翠叶泛黄，接着纷纷落下。

吹箫人舒口气，取出身边的小刀，将心爱的箫管一劈为二，然后，插进泥土。

吹箫人翩翩而去。

八

陶文也呷了口水。

他没有考虑很久，就落下一颗黑子。

黑九十一手托，白九十二压，黑九十三退，白九十四平板头。

应该是多很多变化的，但现在一种变化也没有了，黑棋避开了劫活和对杀，化解了所有的变化。

石君想了想，抓过一把白子，放在盘面上，他输了。

"承让。"

陶文赶紧起身拱手。

石君似乎没听到，他毫不理会，端坐在那儿。

"三十年了，我等了三十年，我已疲惫不堪，我输了，我输了，我终于输了……"

他完全是如释重负。

九

十余年前，谦之初出茅庐。

大庭广众之下，谦之嘱人端来一只脸盆，脸盆里盛着清水。

谦之握住笔，蘸饱墨水，一气在脸盆里写下"精神气"三个字。

墨迹在水中凝住，墨迹成为水的一部分，只是水不能化解墨迹。

三个字意气风发，一气呵成，无懈可击。

这是我国唯一的一块水中的碑帖。

十多年后，谦之又来到这里，众人一再请他再留下几个字。

谦之笑笑，嘱人端来脸盆，脸盆里盛满清水。谦之握过一支新毛笔，什么也不蘸，在脸盆里又写了"精神气"三个字。

字是和水一样的颜色，字很清晰。

似乎每一笔都是败笔，但从整体上看，又似乎每一笔非这样写不可。

当然比十多年前的出色，甚至是不可同日而语的。

众人想再看个仔细，字却化淡了，渐渐地，脸盆里仅仅是一汪清水。

谦之在大家迟惑的当口，已悄然离去。

十

现在，陶文真的明白了当初他胜了石君以后，石君为什么如释重负。他简直成了石君的救星，他想。

雪在悄悄间融去，三月在悄悄间化出。

大家都往草木茂盛的地方挤。

风景最美的地方，有个摆棋局的长者，身边是两只放棋子的瓷缸，面前是一张棋盘。

"天下第一"。

他的另一边，赫然竖着一块木牌。

"我来试试。"

说话的是个仪表堂堂的公子，他在棋盘前站了好久，见没人上前，就站了出来。

他执黑，他的棋力不弱，只是长者更高一筹。

"好棋。"

他只得暗暗称许。这样的棋，输了也光彩。

白棋沉思一会儿，落下一子。

公子一下子迷惑住了，这手棋明明是破了自己的眼位，这样白棋的大片活棋会死了。

"这……"

"公子果然好棋力，老朽太惭愧了，公子天下第一，老朽嘛……"

长者说着从口袋里拿出一支干毛笔，往水塘里蘸一蘸，在"天下第一"的"一"字下添了一横。

"我也来试试。"

长者含笑应允。

情形几乎和前一局仿佛，长者又输。他取来毛笔，再添一横。

这样，"天下第一"成了"天下第三"。

"我也想试试。"

"不下了，不下了，再下就没法添了。"

好多人都笑出声来。

长者也不理会，收拾好东西，挤出人围，走了。

没有人能击败陶文的，除了他自己。

如　意

1936 年初冬。

小学教员许先生放了课往家走去。傍晚，天渐渐擦黑了，只是周围还能看得见。风的声音也能听见，风起来时，鼓舞着黄叶在空中翻转。许先生抬起头看时，一片叶子贴在窗上了。叶子很紧密地联系玻璃，仿佛是开在玻璃上的窗花。

"倒是蛮好看的。"许先生这样想的时候，就忍不住回头再看了一眼。

"回来啦，许先生。"

许先生家巷口有个烘山芋摊子，摊主见到许先生时，不很留心地招呼一声。许先生就得一得头①，算是意思到了。许先生到巷口时，刚好看见自己屋子的窗子合拢来，许先生似乎听见了"吱咯"的响声。

"许先生转来了。"

---

① 得一得头：方言，点一点头。

房东是本地人，但许先生是能听懂她说话的。

"转来了。"

许先生答着就上了木扶梯。

"日脚怎么过，米又涨了。"房东发自内心地这样说道。

许太太读过教会学堂，很端庄的样子。许太太姓林，和许先生是同乡，只不过出来好些年，现在他们的身上，已经辨别不出一些家乡的痕迹了。

"今天楼下来坐了好几趟，是催房租呢。"许太太盛来一碗饭。

"……"许先生想起，米又涨了。

"就这点地方，倒要大价钱，家里的房子能搬来就好了。"

许太太说这话时，还想到搬一二间来自己住，搬多几间还可以租出去生钱呢。"房子又不能装上轮子，真搬来，还找不到摆的地方。"许先生想。

"青菜咸了。"许先生说。

"是吗？……有时候我想，不如回家去算了，有什么呀，你还是去学堂教课，至少我们不用交房钱了。"

"我是不回去的。"许先生的嗓门突然高了一点，溜一眼许太太道，"真不知你什么心思。"

"人家也就这么一说嘛。"

许太太觉得有点亏心的样子，收拾起桌子。

许先生立起身来时，见着床上的被子还没叠。被子是拿在窗沿晒的，才收进来不久。许先生再抬高眼光，就碰到了从前的自己。脖子上挂着的围巾和长衫翩翩然在轻风里，清瘦的脸庞，双眼炯炯有神采。

门窗都是关得好好的，却依旧有冷风"丝丝"地来来回回，许先生拢拢被窝，身体靠着些许太太，许太太就将背着的身体翻过来。

"你跟我受屈了。"许先生抚一抚她的头发。

"什么呀。"许太太不让他再说了。

"校长说可能要我任督导，做了督导自是会涨些薪水的。"

"会的，会好起来的。"

夜深下去了，这时候敷在床前的一团月光，像是温顺的老猫。

上课铃一落定，许先生就已经安分地立在讲桌前了，许先生是很本质的老师，同学也乐意听他授课。

"春眠不觉晓，就是春天的日子让人懒散散的，不知不觉地睡去，醒来已老大不早了。我以为大家也是有同样感受的吧。"

"春暖花开了，就是犯困。"

"我还要睡午觉呢。"

这时候许先生就一抬手，示意同学静下来，同学便也不再作声，用心盯着许先生的嘴巴。

"我要说的一句题外话是，我们平日常说'一日之计在于晨，一年……'"

许先生以启发和鼓舞的眼光扫一遍同学，同学异口齐声道：之计在于春。"

"对，一年之计在于春呵。"

许先生讲到这里，校长推门进来。

"许先生，你来一下。"

资本家开了好几个厂，还办了这个学校，资本家的外甥斯斯文文的，资本家就让他来做校长了。资本家赚了钱要再办厂，是和美国人联合办的。资本家说："我有一所学堂，请美国朋友参观指教。"美国人说："你的学堂教不教英文。"资本家说："教的，当然教的。"美国人说，饭来搁得，饭来搁得。

但学堂里是不教英文的。

校长就急迫迫地来找许先生了。

许太太说："你回来啦，我买了烘山芋，还热着呢。"

许先生嗅出一股香味来。

"今天去教堂唱诗班弹琴的，买了烘山芋，还找了一点钱。"许太太把钱拿给许先生。许先生想了想说："你留着吧。"

这时候房东推进门来说："少奶奶，吃什么，这样香喷喷？"

"烘山芋，还热着呢，你吃吧。"许太太说。

"怎么好意思？不好意思的。"

房东出了门去，许先生和许太太还是原来的样子，坐立在那儿。

"不如凑一凑，把这个月房租先付了吧。"许先生说完撩起长衫，掏掏里面的口袋。许太太下意识地看了看仍旧放在桌上的零钱。

到晚上两人睡下了。许先生听着冷风拍着窗子的声音，就从被窝里钻出来。

"怎么啦？"许太太也是睡不着。

"窗。"许先生说。

"那个人真是可怜。这么冷的天，立在风里。"

"谁？"

"卖烘山芋的。"

"哦。"

"他只有一只手，怎么会这样的呢？"

"嗯。"许先生顿了顿说,"你英文好的?"

"是呀,今日在教堂里,我还帮忙翻译呢。"

"都还记得?"

"该是的吧,人家说教会学堂出来的,等于半个外国人。"

许先生就提起学堂里要招英文教员的事:"你倒可以去试一试的。"

"我听你的。"

资本家问:"招了几个啦?"

"五个,再从五个里面选出两个来,董事长。"校长该叫资本家舅舅,但他是很注意场合的。

"合同签了,我要招待美国佬,带她们过来吧。"资本家说着,挥一挥手。

许先生把黄包车喊到巷口,黄包车说:"我跟你一起过去好了,穿巷子走还近一点呢。"黄包车停下来。房东的目光跟牢许先生上扶梯,并努力地转向房间里面。

许太太还在镜子前面:"这旗袍紧了,大概我有些发福了。"

"要么就换一身。"许先生说。

"就这样吧。"许太太心里说,还是这一身像点样子呢。

许太太下楼时,房东的眼睛不由地一阵亮闪:"出客呀,少奶奶。"

许太太笑一笑,算是答复了。

许太太踏上黄包车时,看看许先生:"就不要去了吧?"

"都说好了。"

许太太坐好些,对黄包车道:"去吧。"

"你不去呀?"房东问。

"不去。"

"你怎么不去呢？"

"……"许先生没有说什么。

"他怎么不去呢？"房东想。

许太太到了天富门大酒店，却没有见到校长，就只好在大厅里候着。进进出出的人实在而轻意地将眼光投过来又收回去。她想，不如回家去算了。再想，不如再等一会儿。待校长来带领许太太进去，大家已经坐定当了。

看好英文教员位子的女孩子，争着在饭桌上说些话，叽叽喳喳，叽叽喳喳，美国人说："我回到纽约了。"

许太太没有说什么，她只是文文静静地坐着。待奏响了舞曲，美国人就走到许太太前面，笑眯眯地邀请。

许太太说："对不起。我不会。"

美国人说："对不起。"就去邀请许太太邻座的女孩了。

女孩像风一样旋转，完了说："我为大家唱一支歌吧。《花儿花儿春风里开》。"

> 春风春风花儿等待
> 花儿花儿春风里开
> ……

大家为女孩拍手，美国人说："密司李，你也唱一首。"

大家就对着许太太拍手。许太太看一眼校长，校长也笑笑地看着她。

"我，我要么就唱，唱一首歌吧。"

满天春晖照我心上，五湖四海齐声唱，天涯海角源远流长，耶稣耶稣在这方。

美国人先是听得笑微微的，后来就有点泪汪汪："上帝啊。"

临放学时，校长把许先生找去了，所以许太太先回家。等许先生回来，许太太说："今日关晌。"许先生说："是的。"二人立在桌前，一边笑望着对方，一边将手伸进口袋里去。铜板就先后落到桌上，发出"当啷啷"的声响。

许太太将两摊钱缓然地并在一道。再多看几眼。

"多好呵，我们有钱啦。"

"我们去看电影。"

"听戏，我要听戏。"

开心的日子。

许先生忍不住哼了两句刚才戏里的唱词。深夜了，巷口的烘山芋摊子还在，许太太停住脚挑了几个。

他们轻手轻脚地开门。

"许先生许太太回转了？"房东的声音从暗地里冒出来。

二人伸一伸舌头，只是黑地里彼此看不见。

"校长说我当督导的事已经报到董事会了。"

"你当了督导，就是我的上级了。"

"对呀，我是要来听你课的。"

"不如我现在讲给你听呀。"

许太太调皮地一笑。许太太坐在被窝里，她的手上还有半个烘山芋呢。最后，许太太想起了校长要请她做家教的事。

"校长是想把女儿送到美国去呢。"

"我要不要答应？"许太太将剥下的山芋皮放在许先生手里。

许太太乘着学堂里的伏尔加往校长家里去。许先生要她找个机会问一问督导的事。"我该怎么开口说呢？"许太太想。

校长已经等在客厅里了，客厅的留声机里放着《花儿花儿春风里开》。

"密司李怎么就不会跳舞呢？"

"真不会的。校长。"

校长就把留声机里的声音调低下去。

"校长，你的孩子呢？"

"哦，孩子今天随她妈妈去杭州了，坐，密司李，你坐。"

待许太太在沙发上坐下，校长就将削好的苹果递了上来。

许先生放了课往回家去时，觉得天已不是太冷了，但风还是在吹着。烘山芋的摊子说："回来啦，许先生。"许先生就想起买两只烘山芋吧。

摊主在称山芋时，一阵风吹过来，摊主一只空落落的袖管一飘一飘，许先生心里不由一动。

"你也够苦的了。"

"谁呀，谁苦？我还苦？许先生你真会说笑话。"摊子说。

树叶树枝

我以为肯定是我自摸的，其实老袁的一万已经冲我了，我早就听牌了，合着一万四万都是见一张，我想肯定是我自摸的了。

老刘边说着边翻看没有摸完的牌。

"喏，一万，喏，四万，两张四万在一起呢。"

大家开始理牌了，老袁说，三枝花，东风暗杠。

"我以为老袁还没有听呢，我想再等一圈吧。"老刘说。

"五元，老刘，五元。"老袁说五元的时候，手指在桌面上点了点。

"一筒冲老袁我是没有想到的，一筒是熟张嘛。"

掷出的骰子是六点，大家补牌了，老刘还要说。

"五元，老刘，账先结一结。"老袁看着老刘桌面上全是十元的钞票，已经备好了五元钱夹在手上，老刘却一直没有付账的意思。

老刘掉转头去，就看见老袁夹在手上的零钱。老刘从桌上抽一张十元的票子递过去。

"我不会赖你的，也不至于急成这样。"

"我是急呀，我等你的五元钱过日子呢。"老袁说这话的时候，甩出一张南风。南风是老刘的门风。到老刘出牌时，老刘就把老袁的门风北风爽爽地打出去。

"碰，北风要碰的。"老袁碰牌的时候，春风得意。又摸了两圈，就和牌了。老袁说："我起手就是二百搭，张张摸进，北风又碰到，真是顺。"

"牌要理理透。"老刘付出钞票时说了一句。

"老刘你什么意思，我不至于做记认吧，我也不会做记认。我要是会做记认，也不和你们打小麻将了。"

老袁说这话时，拨出一支香烟来点上，又拨出两支，派给另外的两位。

"啥人说你做记认了，我说牌理理透，这话不错吧。"老刘的嗓门高了起来，也拨了一支烟叼上。

"不要说了，都不要说了，弄着玩的。"一边的说。

"还要烧晚饭呢，差不多了，散吧。"另一边的说着，停下手来。

老刘的烟还没点呢，就拿下来，放回盒里，立起身而去。

到了巷口再别过弯，就是家里。

老太和儿子、儿媳三个人坐在客堂前。老刘觉出来他们是有什么事呢，只是他不想掺进去，就径自往房间里去。

"爹你回来啦。"刘越打招呼时，想立起身体来的。老刘只是"嗯"了一声，脚底下却没有停下来。

娘三个下意识地相互望望，老刘已经进了房间，门"砰"的一声合起来。

五斗橱上是一架老法的台式收录机，老刘将盒带插进去。"林妹妹，我来迟了，我来——迟了，金玉良缘将我骗，呵……"

老刘四十岁那年，电视里播放越剧《红楼梦》。林妹妹说："花儿呀花儿，今朝你落下了是我来葬你，明朝我落了又有谁会来葬我呀。"

"我，我会来的，我会来葬你的。"老刘在心里迫不及待地说着，他的眼眶湿润了。

靠在老刘边上的刘师母是在偶一侧脸时看见了的，刘师母兴奋地叫了起来："咦，你哭了，你看戏还会哭呢。"

"什么呀，我是困了，我刚才还打哈欠的呢。"

刘师母很扫兴地欠欠身体就放过了老刘。

越剧《红楼梦》一下子把老刘吸住了。老刘着了迷的，不是地方戏越剧，老刘着了迷的，是越剧《红楼梦》。

收录机里的声音传出来，刘越显得有点轻松地说一句："林姑娘又来了。"小崔说："你倒还有心思快活呢。"刘越就不言语了。

刘师母抬眼看一看弄堂里的天，要不去买一点卤菜吧。她说。

"刘超回来吃饭？"

"说是值班，不回来了。"

"就随便弄点吃吧。"刘越很直接地说道。

刘师母直起身来往厨房间去，她已经想好了，煸一盆蔬菜，再洗一段腌鱼蒸一蒸。

吃夜饭的时候，老刘的气已经顺一些了。

"腌鱼咸了，清水里要多泡一会儿。"老刘说着夹起一筷子青菜，他是要冲淡一点嘴里的咸味道。

"急急促促的，怎么来得及。"

"工作找到了吧。"

老刘这话是问小崔的，老刘从不叫小崔的名字，实在是他搞不清究竟是"小崔"还是"小翠"，要是"小崔"也就叫叫了，要是"小翠"呢，叫起来心里就有一丝丝别扭的。老刘不去询问，就任它这样顺应着下来。

"没有呢，刘越又不上心。"小崔说。

"不是替你找了我同学的餐馆吗？"

刘越是烹调学校毕业的，这一方面的人头比较熟。

"这是我干的吗？一天要洗这么多的碗，我不嫌累，你不嫌没有面子呵？"

小崔说这话时，刘师母停下筷子，瞄了老刘一眼。老刘做出没有在意的姿态，立起身去添一小碗饭。

"爸，我也下岗了。"刘越说。

"你怎么也下岗？你不是司务长嘛？司务长也下岗？"

"我们厂长都下岗了。"

"这袜厂怎么也办不下去了呢，按说袜子是大人小孩、男女老少都要穿的呀。"刘师母说话时，正在舀一匙汤，手举到一半，她把话讲完了，再将汤落进碗里去。

"当初你真要是留职停薪出来，那饭店现在也该有个规模了。"

小崔说这话的时候，全心全意地看着刘越，而私下里却是指点两个老人的。当初刘越同学的一家餐馆要盘掉，同学要去劳务输出，急着脱手，平时也有往来的，所以是很实惠的事儿。刘越和小崔都有点心动的，接着想不如再找几个人问问吧，就回到老屋里。刘师母便很迫切地劝阻："怎么可以把工作丢了呢，人家要找个饭碗多么地不容易。"老刘说："大主意你们自己拿，赚了好说，赔了怎么办？你们又赔得起多少，这是要想一想的。"小夫妻疑疑惑惑的，想过来再想过去，同学来说，有人接手了。两个人心里反而一下子踏实了，还是安逸饭吃吃吧。

"当初谁也说不清，现在谁也没料到。"老刘说完这话，搁下碗筷立起身向里屋去了。他听出来小崔说的话是有点含义的，他觉得小崔这女人没趣。

刘越对小崔这话也是有想法的，刘越总以为小崔是落不妥帖的榫头，但他只有实在地认了。

刘师母冒出一句话："老头子，输了麻将就惹气。"

大家就钝在那里。这时候电话铃响了。

电话是刘超打来的，刘超说："我今天回来吃饭，可能要晚一点。"

所长说："你们几个片警都在，明天到地段上去打个招呼，再有打麻将的，要按治安处罚条例处理。"

"嫌我们太空闲了是不是，谁想出来的，真是。"老民警说。

"人大，政协，两会代表开会的时候想出来的。"所长答道。

"要是人家随便玩玩不来钱的，也处理吗？"刘超问。

"你见过不来钱的麻将吗？"

"要是来得很小的，一点点，几块钱十几块的，也处理？"

"十几块就不是赌博啦？你总不能说打麻将是好人好事吧？"

"一些老年人，上了年纪，退休了，也没什么事，他们……"

"王子犯法与庶民同罪。"所长没有好声气地一摆手，就转过身出门去了。

同事们就笑话刘超，说："你可不要第一个就拿自己老头子开刀啊，倒也是大义灭亲呢，是情大于法还是法大于情，刘超你好好掂量掂量。"

"什么呀。"刘超淡淡地避过去了。

刘超以为，所长是让他作难人，在他管理的辖区内，打麻将的人不少，这其中就有刘超的父亲，还有是看着刘超长大的叔叔伯伯，这个招呼怎么打，所里这样做真是有点说不出话，但刘超还是会去完成的。

刘超上高一时，学校里组织去福利院慰问演出，福利院里全是孤寡老人，学校说，要找会地方戏的同学，老人们听得懂，也热闹。刘超说："我会唱《金玉良缘》。"学校说："你先当着大家面试一试。"刘超就拉开嗓子唱道："金玉良缘将我骗，呵……"

刘超是说不上欢喜地方戏越剧的，只是家里的收录机里一直放金玉良缘，刘超听得自己也能唱的了。

学校说："像的，像的，越剧就是这个味道。"

刘超的同学说，越剧是女人唱的，刘超像小女人。大家就叫刘超小女人。高中毕业刘超上了警校，后来就落在派出所工作。

有一天刘超上班时，看见正在门口探头探脑的，是原来自己班上的一个同学，刘超就叫住了他。

"是你呀，小女人。"同学惊喜地叫了起来。

同学是来办户口的，这是一件滑出滑进的事，刘超替他办妥了。

"朝中有人好办事，多亏了有你在，谢谢啦，小女人。"

"没什么，以后不要叫我小女人，以后再来叫我名字。"

"知道了，小……我是叫顺口了，你的名字是……"

刘超一下子说不出话来了。

好些人都说刘超的样子，不是干公安的，他吃错饭了。

"也未必。"刘超在心里这么说。

今天轮到刘超值班，晚上他打电话，要回家吃饭。

"你不会是回去动员老头子来投案自首的吧？"老民警笑着说。

"有事铐我。"刘超不接话茬，扔过去一支烟，就出门走了。

他要先去老袁家里。

一扔下饭碗，老袁就瞌睡，就要上床去的。老袁开一家大饼油条店，凌晨三四点钟即起来，生炉子开油锅，然后将发好的面团揉一揉，不知东方之既白。所以夜来了老袁不能再干什么了，再就是到夜了老袁也想不出做什么。

烧一锅稀饭，买几根油条，蘸着酱油麻油，清清爽爽，价廉物美。

生意兴头上，老袁的店门口，也能起一条小小的队伍，队伍里大凡也都是熟识的，说起了老袁晚上干什么，大家就帮着找措施想办法。

"不如看看电视，现在频道多，五花八门的节目都有呢。"

"还是麻将牌好看。"老袁说。

"你晚上又不打牌，看看电视不也很好？"

"又要打牌，又要看电视，你当我是饮服公司经理呵？油条谁余？大饼谁来烘？真是。"

早上的时间最不经花，大家也熟悉老袁的脾气，也就没在意他说话语气不转弯了。

丢下了夜饭碗，老袁立起来关大门，他要关门的时候，听着一串自行车铃声，霎那间他觉得也可能是找他来的。在他迟疑的当口，刘超已经从自行车上落下来了。

"吃晚饭了吧？老袁伯伯。"

"你是来请我吃夜饭？不要和我说是来收保护费的呵。"

"那是治安管理费，今年的已经收过了。"

"钱么要收的，出了事么，不管的，也就你们了。"

"怎么个出了事情呢？老袁伯伯。"

"上个月一条吃豆浆的长凳忘记在门口，第二天就不见了，到派出所报案，你们也想不到管一管。"

刘超在心里笑一笑，看着时间不早了，也不想多耽搁，就说道："老袁伯伯，我是要和你说个事情的，明天起麻将不要打了。"

"谁说的？"

"上头关照的，再打要按治安条例处罚了。"

"吃饭打牌天经地义，杀头吃官司随便的。"老袁在说这话的时候，一下子想起了下午打牌时的不愉快来，便接口说道："老二呀，这个茬子你找得没有名堂了，你老子他今天没有输呵。"

刘超不能明白过来老袁的话是什么含义，他一别头的当口，看见刘越夫妇到身边来了。

"你们来啦？"

老袁店隔壁，空关了一间门面。刘越下岗了，他又有一些儿做点心的手艺，就有了想法。

"刘越也下岗了，正好这里有门面，你又在这个地段，也有个照应呵。"小崔说。

老袁的心里"咯噔"了一下，想你刘家门真不是理，就"砰"的一声，将门狠狠地关上了。

"有越剧呢，有越剧你看不看？"刘师母按着电视的遥控器问老刘。

老刘不去搭理，老刘想：我要听《红楼梦》，又不是要听越剧，真是。

实在刘师母也是想找个话题搭上去，见老刘没有声息，只好自己说开来了。

"老大今天来，本来是想一道商量一下，老袁隔壁有间门面呢，老大想去开个点心店。"

"哦。"老刘只搭了一声。

"他们去看地方了，中的话要我们筹一点钱的，店开出来了，要你搭搭手。"

"哦。"老刘想，就靠着老袁那儿，店开出来了，打麻将牌要方便得多了。

下午

.

水　月

　　里河镇上有两座寺院——天隐寺和灵谷寺。天隐寺是个大寺，在镇的南边。数年前，一位风水先生路过此地，说了句"西北角太轻飘了，得压一压"，镇上人就去天隐寺商量。主持终于答应派出两名僧人。里河镇的西北边，就有了灵谷寺。

　　天隐寺是灵谷寺的总部，灵谷寺是天隐寺的派出机构，灵谷寺在体制及业务上属天隐寺管理和领导。天隐寺是烧香拜佛的正宗所在，灵谷寺不过是压压轻飘的一件摆设。

　　灵谷寺的师傅觉得太冷清了，没过几个月就将徒弟子虚留下，自己卷起铺盖回天隐寺去了。

　　那一年子虚十七岁。

　　子虚心里想师傅走了更好，并不是他要在功课上偷懒，子虚是个很本质的和尚，他只是可以想念经的时候就念经，想去后园坐一坐，就心安理得地去了。

　　后园清爽而平和，像一幅图画。

　　子虚的居室反而有点儿杂乱了，他不愿将书整理得很齐，

147

这样在阅读前肯定是破坏了房间的规范，阅读后忙着要整顿归原，也不能一心一意地体会书中的道理。

而子虚打扫后园却从来是认真踏实的，石板上的灰尘，都蘸着清水拭去。当阳光一照，石板清明而透彻。

月光好的晚上，子虚就一个人坐在园中央的亭子里，取过一支干净毛笔，抹一抹月光，在砖台上练习书法。

明净的月光，凝聚于笔锋，再被子虚涂上砖台，隐隐露些痕迹，过一会儿再淡去了，直到完全没有。

更晚些时候，子虚就回屋子，铺开宣纸，再磨墨。

> ——以此为实。当知是人，不于一佛二佛三四五佛而种善根。已于无量千万佛所种诸善根。闻是章句，乃至一念生净信者，须菩提。如来悉知悉见。是诸众生，得如是——

师傅隔一阵总要来一趟灵谷寺，指点子虚的工作，再检查子虚的功课。

师傅见了子虚书写的《金刚经》，一时竟难以评语，就带回天隐寺，请主持过目。

子虚写的是行书，行书是以中锋运笔为主，而转弯抹角参差偏锋运笔的一种书体。中锋运笔给人以凝重深沉之感，但缺乏些生动活泼；偏锋运笔能产生灵动潇洒的效果，但又略显轻飘。子虚的行书，笔笔偏锋，无处不轻飘，也就似乎无处轻飘了。

"《金刚经》能写出情趣来，倒也别具一格的。"

主持只说了这么一句话，师傅实在听不懂是赞许还是批斥，便也不能说子虚什么，只能由着他去了。

日子就是这样一天一天地过去。

里河镇上有家米行，米行老板的女儿就是乔。里河镇的女子都不难看，只是乔更标致些，且能迷人。乔在人前人后常常流露出几分羞怯和扭扭捏捏，因之更让人不平静。

与米行隔几个门面，是龙生开的裁缝店，龙生是外乡人，凭着好手艺，到里河镇来赚钞票。裁缝店好生意，一般说法佛要金装人要衣装，里河镇的人就常到龙生那儿去，乔也不例外的。

"这样的女人，翻遍我们家乡都找不到呀。"

乔来的时候，龙生盯着她，呆呆地想。

"你愣什么？"乔发现了，就问他。

"我没有愣呀。"

"还没有？你就这样，这样地盯着我看呢。"

乔就学他的样子。

"你不看我怎么会知道我看你呢。"龙生一派不紧不慢的样子。

"瞎三话四。"

乔就把一块布料扔给他。

龙生放下手中的活计，拿下了挂在脖子上的卷尺来。

龙生的手沿着乔的胳膊滑下来，龙生轻轻捻了乔一下。

"快点呀。"

龙生再展开卷尺，围住乔的身体，龙生的手贴在乔的胸前。

"这把卷尺怎么好像短了？"

"真下作。"

乔就红着脸说了一句。

子虚隔两天就上街上去买菜，隔十来天去量米。子虚总是选很好的天气出门，只是现在正好是黄梅季，断断续续的雨丝来去无定性。子虚只得打油纸伞上街。乔正好在柜台的一边帮着收付铜钿。

子虚是不正眼看女孩的，这样做很自然，出家人也是习以为常了。偏偏这一次子虚是抬一抬头的，子虚抬头的时候，刚好看到了含情脉脉、似笑非笑、欲说还休的乔。

子虚不由得多看了两眼，只是他看的是很正气自然的。

乔就朝他笑笑。

子虚提起米转身要走。乔叫住了他，将找的零钱塞到他的手上。乔调皮地在子虚的手心里搔了一下。子虚也莫名其妙地握了握她的手，然后松开来，返身去了。到夜晚，月亮升起来了，子虚独坐在后园的亭子里，坐着坐着，就想起了白天的事。

"她真美。"子虚心里说。

子虚取过毛笔，蘸蘸月光，就在青砖桌上涂画。

月色竟渗进青砖，涂画的人像褪不去了，他就将笔一搁，回到屋子里去。

第二天师傅来灵谷寺，不意间看见了亭子里青砖桌上的人像。

"咦，子虚，瞧你画的是什么？"

"回师傅，是观音娘娘。"

"哦。"

师傅再看了一眼就没有再说什么。

实在子虚已经把昨天的事忘了，待师傅走了以后，子虚就把这件事彻底忘掉了。

十多天以后，子虚去街上量米，再见到乔时，乔是一副愁眉苦脸的样子。

"她一定是有什么心事。"子虚这样想着，但是不会上前问候或打听的，他量好了米，就回灵谷寺去了。

乔倒是真的上了心事。起初是有点儿腰酸背痛，没多久又恶心呕吐了，乔似懂非懂，就去找龙生。

　　"不好了，闯祸了。"

　　乔一听说，急得哭了出来："都是你，都怪你。"

　　"怪我，怪我有什么用？"龙生当然也急，便没有好声气地说道。

　　"那怎么办？现在可怎么办呢？"乔低声问龙生也像是在问自己。

　　"怎么办，我也没有办法，要么我们逃走。"

　　"我不。"乔坚决地说。

　　"那你可不能说出我来的，不然我一个人逃走啦。"龙生顿了顿说，"要不随便说个谁？"

　　"这事儿有谁肯认呢？"

　　"要不……"

　　龙生的话没说出口，他想让乔随便找个人混一混，但又怕乔听了翻脸。

　　乔在急忙中根本没有听出龙生的含意，但她听到了不远处传来的天隐寺的钟声，不觉有了念头。

　　"谁让他自己不正经，出家人还想偷看女人，还摸人家的手。"后来乔常常这样说服自己。

　　每次抄写《金刚经》，子虚都有新鲜的感悟。子虚不常诵读，他更好抄写，他觉得这样与《金刚经》更贴近了，或者自己就是《金刚经》中的几个字，几个笔画。

　　——皆不可取，不可说。非法非非法。所以者何。

水
月

一切贤圣，皆以无为法而有差别。

子虚抄到得意时，就停下来琢磨一番，子虚的舌头在唇边一抿一抿的。

这时候房门被踢开了。子虚没有看清拥进来的是什么人，他只知道人很多呢，他想看看仔细时，见到了泪流满面的乔。

"是他吗？"

"是。"乔小声答着低下头来。

子虚想说话时，正遇上伸过来的拳头，子虚的身体向后翻过去了。

"倒不是个男孩子呢。"

"还蛮像这个小和尚的。"

一些上点年纪的在悄悄地议论。

后来龙生挤进来，要大家到后园去看。后园的亭子里，有子虚用月光画在青砖上的人像，那模样不是乔是谁？

米行老板气呼呼地让人抬起青砖。再砸向花岗岩的台阶上。

"嗡"地的一声，青砖碎了一地，然后是"哗哗"的声音流出来，大家都没有去在意。那是凝聚在青砖里的月光，正四下流淌。

阳光盎然的白日里，人们根本察觉不着那流淌的月光。但白天过去，月色就渐渐地健壮起来了，这时候后园笼罩着银灿灿的辉煌。

子虚躺在窗口的墙边，他的头上起了一个大包，觉得有点痛，伸手摸了摸，就清醒过来了。

园子里的情景很清晰，只是略为乱了些，却是依旧的清爽，子虚只认为是换了一种放置的形式，故而他心里也不是十分反感。

"小孩子真是可爱。"

子虚不太懂得小孩子是怎么产生的，他也并没有细想这个孩子究竟是不是他的后代，他准备想一想时，屋子里传来了"哇哇"的哭声，他也就顾不得去想什么了。

当子虚撑起身子，回到屋里，小孩儿仿佛认得子虚一般，两只乌溜溜的眼睛直对着他转。子虚赶忙朝他笑一笑，然后伸开手，将他抱了起来。哄逗半天，遂又把孩子安放在自己床上。不多时，发现床单湿了一大片。那尿化得很匀，像是泼在宣纸上的淡墨，子虚觉得很好看。

小孩儿清清秀秀的，子虚给他取了个名字叫水月。子虚小的时候，见到过河塘里的月亮，印象极深刻。后来出家了，也再没有这样的机缘。子虚常常想，后园里应该有个河塘的。

水月一见到子虚就眯眯笑眼，子虚便握住他的小手摇一摇，这时候他想，有一个小孩子伴着是很开心的。

子虚上街时就把水月关在屋子里。天隐寺早已经宣布，将子虚逐出佛门，故而也就没有什么灵谷寺了。

镇上大部分人都有这种心理，就是子虚糟蹋的是自己的妻子、女儿或者姐妹，所以他们对子虚没有好脸色。子虚倒不是太在乎。

子虚最初上街时，一些小贩用土豆、西红柿扔他，他就捡起来，交还给他们："这东西种出来也不容易，多可惜呀。"后来他的日子过得紧了，再遇上这样的事，就拾了放进身边的竹篮子里。

在街上采买完东西，子虚赶忙掉头往回去，子虚正要打开房门时，却没有听见屋子里水月的声息，他唤了两声"水月"，

153

再加紧着把门打开。

水月缩在床角落里，还发出粗糙的喘息声，子虚跑过去，将他的身子翻过来。水月紧闭着眼睛，脸是通红通红的。

"水月，水月。"

子虚腾出手去端过一碗清水，可水月的牙齿是紧咬着的，没有一丝丝的松动。子虚迟疑了一下，抱起水月，向门外去。

店堂里的乔是一副目瞪口呆的样子。这两年，乔的心里是空落落的，对龙生也少了往昔的热情。龙生是来找过她两回的，后来渐渐地也淡漠了，日子便愈发平淡了。

有时候乔真的动了去灵谷寺的念头，但终于又克制住了。更多的时候，乔就独坐在店堂里，看街上的人走过来走过去，这样乔就能看见子虚抱着水月急匆匆地穿过横街。

子虚常以为，水月的两条小腿，像是美丽的鲜藕。到了夜晚，子虚就站在床边将他扶起来。水月便撑着子虚，晃晃然地立着。

不记得水月是何时开启了人生第一步，仿佛是在一瞬间撒开了子虚自己走路的。当时，子虚惊喜得一时无从着手，他想把这事儿告诉别人，就在房间里来来回回地走了两趟，然后他想不出应该告诉谁，于是平静了下来。

然而现在，水月悄然躺在子虚的怀里，像一只深夜里无声无息的木鱼。

子虚踏进天隐寺时，其他和尚一向没有什么表情的脸上，却流露出一些别样的神色来。而子虚并没有注意到，他只是穿过了庭院，直向主持而去。

主持正在打坐，隐隐听到一些声音，就从迷迷惑惑中挣脱出来。

“法师，救救水月。”

“是你呀，佛门净地，最忌啰唆，生出事来，说也说不清的，你快走吧。”主持挥一挥手。

“法师，救救他吧。”

子虚“扑”地跪倒在地。

“去吧。”

“法师，该受到惩罚的是子虚，水月是很好的孩子呀。”

主持不搭理他，微微地合上了眼睛。

水月突然在子虚的怀里动了一动，接着更静了。

“法师。”

子虚发自肺腑地唤了一声，而主持依然是不动静。子虚直起身来，将水月放在一边的地上。

“不生不灭不灭不生不生不灭不灭不生。”子虚这样想着，低下头，撞向门前的石壁。

这样的姿势，仿佛是被风惊动的书案上的宣纸。

阳历阴历

12月26日，父亲说，今朝吃面。

红烧肉的香味弥漫在小巷里，红烧肉是文火煨在煤炉上的。父亲本不擅长做菜，但他说凡是红烧，只要多放酱油多放糖，总能出色。父亲做的红烧肉，至今让我回味。

父亲在大哥的碗里多加一勺肉汤，父亲说，他在长身体。我们就看大哥，大哥也抬头看我们，他的嘴上明晃晃的。

12月26日是主席的诞辰。

下午第一节是音乐课，大家一起唱"我爱北京天安门，天安门上太阳升"。老师说我唱得最响，应该表扬。在老师表扬我的同一时间，二年级1班的体育课上，一位小同学正在小便，我弟弟猫过去，拍一记他的屁股。小同学一泡尿全溃在裤子里了。

我一直以为，父亲是见过毛主席的。父亲说，小孩不要乱讲。但我觉得父亲的神情却似我识破了他一个秘密，并暗示这秘密是从此后我们父子共同拥有的了。这使我很兴奋。我时时提醒自己不要说出去，又总是憋不住想要告诉别人。

放学了，我和班长一道走，我想把这事告诉班长该是可以的。

"我爸爸见过毛主席的。"

"你爸爸在哪里上班呢？"

"在厂里。"

"我知道了，是毛主席到你爸爸厂里去视察了。"

"不，不是的。"

我想我爸爸和毛主席见面，绝不会这么简单笼统的，便道："他们肯定还说过什么话呢。"

"你爸爸真幸福呵。"班长说，"明天我们一起去到学校吧。"

班长继续沿着大街走。

我在折进小巷时，就看见一堆人围在我家门口。一个小同学的男家长正提着弟弟的耳朵将他牵来牵去："人家撒尿呀，有什么好玩的？"

父亲说："这个，你不如跟他好好说。小孩嫩骨嫩肉，你手里带松一点点，真的，我是伤科医生，我是懂的。"

小同学的女家长说："这种小孩子，要给他点颜色看看的。"

家长松开手了，又觉得太草率了，就挥手在弟弟头上拍了一记。

"一点点的人，从小就不学好，有没有爹妈收管呵？"

父亲说："孩子的妈妈过世得早，但我毕竟也是管教的，你们打小人骂小人我没有意见，但不要带到大人。一、我没有叫他去闯祸；二、我也在协助你们管他。"

家长斜起眼看着父亲，他的意思是父亲话多了，但父亲没有领会。

"不要在我面前一套一套的，你儿子闯的祸，反而你有理了，死猫活舌的，最看不惯就是你这种酸里酸气。"

"你要来看我，又说看不惯我，是你找到我门上来的呀。"

"你嘴巴还要凶？你要我是不是？"家长边说边伸手去推父亲。

"当着孩子，你不要动手动脚。"

"就动手，你怎样？"

"大家都看见的，是你动手，你打人的呵。"

男家长不住地推揉。父亲边说边退缩，他的身体闪了一下，半跌到地上，又竖直起来，接着退缩。

女家长在后面说，他是伤科医生，找点事情给他做做，找点事情给他做做。

家长就更来精神了。

我看一眼大哥，大哥依在门栏上抱着双手，他见我看他，就溜溜地把眼光移开了。我想我应该站出来的。

"我爸爸见过毛主席的，我爸爸见过毛主席。"

家长愣了好一会，才将半举着的手放下来，家长说："今天看在毛主席面上饶了你。"

天色暗了，家长牵起小同学往回去，转向大街时，女家长推了一把小同学的肩膀说："下回他撒尿，你把他推到茅坑里去。"

回到家里，父亲脱了棉袄，背朝着镜子对对照照，父亲的后肩上，明显有一块青紫。屋子里夜色兮兮了，父亲去将灯打开，再到镜子前，吃力地向后转动着脖子，又挥了两下手臂，然后说："皮外伤，是皮外伤。"

这时候弟弟哑进屋来，父亲喝道："你去跪在那儿。"弟弟就跪下去，没一会儿从口袋里掏出一张烟壳，玩在手上。父亲过去，夺过来一撕："好好想想。"

吃夜饭时，父亲又说大哥在长身体。长身体有什么用，临

下
午

到事情就软膀软脚了，但我不敢讲出口来。

"我要撒尿。"弟弟说。

"你就往裤子里撒吧。"大哥没好气地说。

大家吃好收拾停当了，父亲去叫弟弟："起来，热热汤吃饭。"

"你为什么撕我的烟壳？"

"起来，吃饭。"

"我不，饿死就饿死，我不吃。"

大哥推开房门，伸一点头出来："起来。"

弟弟就没脾气了。

我是和弟弟睡一张床的，夜里钻进被窝时，弟弟说："那是海燕牌的，值六十分呢。"过一会儿又说，"他的小鸡鸡被老师看见了，还有女同学呢，肯定也看见了。"

从小长到大，弟弟总有琐琐碎碎的事情生出来，让父亲烦心。十几年后，弟弟成了流行歌手，有一次电视晚会，弟弟蹿上台去，抱着吉他唱了一首新歌《父亲》："桌上有一盘象棋，杯中有几口大曲，老去了你的年纪，长大了我们兄弟……"唱着唱着，弟弟落下泪来。坐在电视机旁的父亲也有点感动了："你弟弟倒蛮有良心的。"然后想一想又说，"不对，我又不会下棋的，我什么时候下棋啦？"

第二天，那位男家长又来了，正好是星期三，我们都在家里呢，父亲下班回来，自行车一落定，家长后脚就跟进来了，家长的面色不太好，我想这一次父亲是凶多吉少了。父亲该也是这么想的，他一边往后面靠一边说："我肩上还青着呢，蛮大的一块，我手都不太好动了。"

男家长说："对不起，谢师傅，对不起。"

父亲说："你什么路道？你什么路道？"

男家长伸出一手，却是提拎着自己的耳朵，张开嘴来，不住地骂自己。

搞不懂了。父亲想。

男家长来到父亲跟前，歇下手："谢师傅气消了吧？谢师傅，你气消了吧？"

父亲还是愣在那儿。男家长再举手打自己的头皮："谢师傅，我这不趁手，用不出力，你打吧。你来打，你打我。"

父亲拉住他："不要这样，你松手，快松了手。"

男家长腾出手，往口袋里掏了掏："这是我的检查书，谢师傅你审审看，深刻不深刻？"

"不要，你这算是什么呢？"

"真的，谢师傅，真的，我是诚心诚意的。"

父亲不知所措，终于想起香烟，他觉得应该发支烟给家长的。但这又似乎是给了家长一个提醒。

"我忘记了，对不起，谢师傅你抽烟，你抽烟。"

父亲争不过，嘴上连连说："不好意思的，不好意思的。"

好多年以后，我们接大哥从监牢里出来，这一天大家都喝了不少酒，追忆往事，不由让人心潮起伏感慨万千。大哥突然说："那事是我干的。"父亲一惊："老大，你还有事没坦白？"

"那天夜里，我去找小弟同学的家长，我就……他就……"

大哥话没说完，就醉得不省人事了。这一醉是人生的转折，醒过来便是大哥人生新的开始。

但当时父亲说："家长是听了我说的话，回去想想有点后怕了。"

"你怎么会说这话的？你怎么会说我见过毛主席呢？"

"我知道的。"我说。

父亲不再说什么了。

带回来的菜还挂在自行车把上，父亲拿过来收拾。鱼是活的，在父亲手上手下跳动，父亲的手冻得通红。

父亲是厂医，谁落枕歪了脖子，父亲一记就能拍过来，不偏不倚，活活络络。

"鱼怎么没有脖子的呢？"我问。

"鱼怎么会有脖子呢，它又不是人，它是鱼呀。"父亲回答道。

深井里的水，在冬天是热烘烘的，父亲要我再去打一桶水来，大哥说："我去吧。"大哥把水打来了，立在父亲旁边。父亲看一眼大哥说道："今天我调休。"大哥"嗯"了一声。父亲再看一看大哥。

"今天我调休，本来我今天是上中班。"

"嗯。"

现在，面对大哥的父亲有一点不知该如何的味道。他似乎下了决心，提刀将鱼腹破开。鲜血从鱼肚子里渗出来，混入清水，渐渐地淡去。

"我今天调休，为什么呢，我要请客，请谁？是潘阿姨，我今天要请潘阿姨吃晚饭，你懂了吗，老大？"父亲直起身来，对着大哥说完这一些话。

"懂了。"大哥说。

鱼血滚过父亲的手背，注在指尖，再从指尖滴落下来。地上的鱼，嘴巴还在一动一动的。

这时候，潘阿姨来了。

"我走错路了，找到前面巷子里去了，他们认识你的，他们说我走错路了，是隔壁的那条巷子。"潘阿姨说。

"不好找，这地方是不好找，你往里屋去坐吧。"父亲在围兜上擦一擦手，过一会而又擦了一遍，然后引着潘阿姨往客厅里走。

我和小弟玩烟壳，顺便也偷看几眼潘阿姨。

"这是谢少文谢老伯吧。"潘阿姨指着墙上我爷爷的相片问。

"正是家父，是我老子。"父亲说得似乎很心满意足。

"我在我们卫校图书馆里找着了呀，谢少文，吴江人，生于 1898 年，卒于 1965 年，著名伤科医生。是不是？对不对？"潘阿姨说得很兴奋。

"是的，是这样。你坐坐，我去烧菜。"

"你鱼还没有杀呢，是不是？我进门就看到了，是不是？"

"杀了，还没洗，我正要洗，你来了，你先坐，我现在去洗。"

"我来帮你吧，两个和尚担水喝嘛，是不是？"潘阿姨说着，还拉了拉父亲的手。

他两人往厨房去，大哥堵在了门口："潘阿姨，你是客人，怎么好意思让你动手呢。"

大哥手里端着碗，碗里的鱼散发开来的葱香，熏着了我们的鼻子。

"这是老大吧，是不是？不要客气的呀，你当我自己人好了。"

"怎么可以，你要下次再来，还是我们的客人，还是我来烧菜。"大哥说。

潘阿姨抬眼看了看父亲，然后就伸手摸我的头。

"老二的毛衣领子短了，大冷天赤豁豁，几时我来拿去，要接一段呢。"

"让你费心了，老二，你还不快谢谢潘阿姨。"

我就说："谢谢潘阿姨。"

晚饭吃得温温吞吞，父亲、潘阿姨和大哥，似乎是不知说什么或者说什么也不好。完了父亲领着潘阿姨到里屋去。大哥走过来，要弟弟唱歌。

"你唱，大声唱。"大哥说。

"唱什么？"

"就唱那个《月亮妈妈讲故事》吧。"

弟弟就直起嗓子唱了起来——

月亮在白莲花般的云朵里穿行，晚风吹来一阵阵
欢乐的歌声，我们坐在高高的谷堆旁边，听妈妈讲那
过去的事情……

"下面的老师还没教呢。"

"就唱教的那段，重新再唱。"

弟弟就翻来覆去地从月亮开始，到事情结束。弟弟的态度
很认真，唱得也有韵味。或许是冥冥之中安排好了，弟弟是注
定会成为流行歌手的。

弟弟再一次唱到拖起调子的时候，父亲推门出来喝道："草
堆边谷堆边没完了，你哭丧呀。

潘阿姨跟着父亲出来，父亲对她道："小潘你不再坐一会儿
啦？那么你有空再来，你什么时候再来呢？"

"再说吧，再说吧。"潘阿姨道。

"小潘呀，那本书我也要看一看，它是怎样写我爹的呢，
不如隔天我到卫校来找你吧？"父亲跟到了门口。

"再说吧，你回去吧。"

"你等一下，你等一下噢，我去披件衣服，送送你。"

父亲披上衣服出来，潘阿姨已经走远了。父亲立在门口一
会儿，转过来推起了自行车。

"你要出去？"大哥问。

"出去，我就出去，我惹不起你们，我还躲不起吗？我又
没惹你们，我惹你们啦？真是，草堆边了谷堆边了，什么什么

了……"

父亲嘟嘟囔囔而去。早一些年，母亲还在世，他们不开心的时候，父亲也是这样嘟嘟囔囔，这时候父亲说起话来，很容易让人想到断成一截一截的骨头。

后来大哥说，从没有像那一天这样明确地觉得我们离不开父亲，也决不能让父亲离开我们。

弟弟当了流行歌手，出道的那年，我正好在部队上当兵，这时候父亲已经退休了。大哥药厂的生意红红火火，到夜里签了合同回家来，看一看父亲缩在电视机前，有看无看的样子，大哥不由地心里一动。

"爸，你不如找个老伴，戒戒闲气。"

当时大哥的心潮有点儿起伏的，却有意地说得很随意。

"我不，我偏不找。"父亲突然地起身，大声答复。

大哥一吓，不敢再吱出声音来，悄悄移进卫生间去。

"要是当时和潘阿姨成了，现在也是十多年夫妻了。"大哥泡在浴缸里这样想。

那一天晚上，父亲推着自行车出去，我们都以为他是去追潘阿姨了，但他是回厂里上班的。他走进医务室的时候，顶他班的医生问起他怎么来。他有点支支吾吾，实在是说也说不清楚。他让医生回家去，说他在医务室就行了。后来医生说："当时是觉得谢医生有点儿心不在焉的，唉，也怪我，我也有责任呵。"

夜已很透，医生早回去了，父亲还是想不通，嘀嘀咕咕地说了些什么，有点儿迷迷糊糊的当口，生产厂长哼哼呵呵地推门进来了。厂长半睁着眼，斜斜地靠倒在椅子上，并尽了很大的努力，腾出一只手，要向父亲指点。

"不要动，不要动，我知道的，你不要动，让我来。"

父亲边说着边调整好位置，伸开一掌，运好功夫，用足气力，拍落向厂长的脖子。厂长"嗷"的一声，昏了过去。

工会主席和父亲一起把厂长抬上救护车时，突然问父亲："你今天喝酒了吧？"

"没，没有呀。"

但后来在讨论对父亲作出怎样的处理时，工会主席肯定，那一晚父亲喝酒了。

厂长后来哭兮兮地说道："我是腰椎间盘突出了呀。"他有腰椎间盘突出的老毛病的。

厂长的腰椎很快就痊愈了，只是他的颈脖子怎么也正不过来。厂长找到上海著名的伤科大夫，大夫对着那条脖子叹为观止："高，高手，高人呵，老朽力不从心呵。"厂长再找到父亲，父亲忙得气喘吁吁，也是无能为力。

厂长爱好书法，在办公室挂上条幅：心正不怕颈歪，身残愈加志坚。而父亲则从医务室调到传达室工作了。

"惭愧呵惭愧，我辜负了组织的信任，也对不起九泉之下的先人。"回到家，父亲沉默了好久，最后说着，落下了两行清泪。

大哥立到父亲跟前："我要不争回这个脸面，我就不姓谢。"

父亲一下子破涕为笑："你要不姓谢，仍旧是我的儿子呀。"

但大哥是当了真的。

大哥从监狱里出来的第二天，就开始着手"谢氏国药"公司的创办工作，大哥要父亲找一张祖父的相片。父亲说："你祖父是一代伤科名医，传到我，就只能治治歪脖子了，你连治歪脖子也不会，不要丢人现眼了。"

"不是说祖父还有个'筋骨松'的祖传秘方吗？"大哥问。

"说是有这一说，却也没有具体的方子，不过现在国家厂里出的药，效果也是好的，我晓得，有好几种呢。"

"那么相片呢？"

"没有。"

大哥掉头而去。

没过几天报纸上刊出了大幅广告，父亲的照片边上，一行字写着：秘方献国家，好药酬知音。谢少文之子谢有无携谢氏国药全体员工祝大家身体健康，万事如意。若要筋骨松，请购"筋骨松"。

父亲在传达室整理报纸，他要将自己的照片分发到各个科室和班组。

"这算什么呢？这算是什么？"父亲问自己。

父亲是要问大哥的，却又找不到他。待后来"筋骨松"走俏市场，大哥才告知父亲，他的"筋骨散"实在是药物研究所多年研究的一项成果，所谓祖传秘方，不过是甩甩浪头的把戏。父亲说："你是你，我是我，你不能把我扯进去。"大哥就把"谢有无"改成"谢冬冬"，并在自己的名字前加上了"谢少文三代传人"的字样。

父亲到传达室后，养成了读报的习惯，我有几次去厂里，他都是拿着一张报纸，颠来倒去地看着。

老师要带孩子去厂里洗澡，老师问："你爸爸是在看传达室吧？"我说是的。老师就带领孩子去了。

"谢医生，给你添麻烦了。"老师打一个招呼。

"叫我谢师傅，还是叫我谢师傅。"父亲说。

下　午

一

　　警察问："你们两个谁是真的？"我就指一指明星说："是他。"明星露出一种这是不容置疑的神情。

　　后来晚报以"将错就错扮明星，假作真时起纠纷"为题，说了我市一青年和明星阴差阳错的事情，而这里的"我市一青年"就是说我。

　　明星说："我要不来这里演出，还不知要闹到哪一步呢，要是他们生下孩子来，到时硬要认我做爸爸，你说这该怎么收拾？"

　　我说："这不会的，我不可能和小红结婚的。再说真要结了婚有了孩子，我也会向孩子讲清楚的。"

　　明星就说："你讲清楚了，我去向谁讲清楚，我是明星呀，我讲了又有谁会信我呵！"

　　警察说："好了好了，你二人七嘴八舌地越说越离谱了。

你，究竟是怎么回事，好好地说个清楚吧。"

我向警察点头致意，又看了一眼明星，这时候我觉得我们两个真是长得很像，也可以说几乎是一模一样了。后来明星也说，初见我时，还以为是照镜子呢。

"现在让我来将这件事情的前因后果说清楚吧。说起这事就不得不提到小红，说到小红又不得不说说她的父亲，我以前的车间主任刘师傅。"

明星忍不住打断道："你不要避重就轻。"

警察接口道："严格说这是避实就虚。"

"既然要我讲，我就有责任来把这件事情讲清楚，要是三言两语草草了事，我说起来没劲，你们听起来也不会有味道的。刚才说到那儿啦？"

警察道："说到刘师傅。"

"对，刘师傅其实应该是刘主任，他是我们的车间主任，说起刘主任，就不得不说到我们的车间，说到我们的车间，又不得不说到我们的皮鞋厂。我们前进皮鞋厂从一家街办小厂，发展为全市比较闻名的国有大中型企业，这其中的艰难历程我就简单地归纳为抓住机遇，迎难而上这两点。其实我心里有底的，和明星这件事无关的内容，我是不会多啰唆的。"

说到这里，我抬头看看警察和明星，明星做了一个很明星的动作，摊开双手，耸了耸肩膀。警察则是避开我的眼光，立起身来，在自己的杯子里加满开水。待他再落座，我便接着往下讲。

"现在的形势你们也知道，大气候不行，是疲软，我们厂也撑不住，慢慢地就垮下来了。当时是想撑住的，刘主任领了大伙儿泡在车间里头，动了不少脑筋，想了不少办法。我们把鞋拆开来卖，也就是你可以只买一只鞋，这样也是有点生意的，比如一些残疾人，一些精打细算的人，一些厉行节约的人，但对于厂里大量的积压来讲，这么一点点不过是杯水车薪。刘主任就带领我们对原有的产品进行革新改造，我们在皮鞋上装了照明灯，还有一些装了转向灯，夜里的街上星星点点的，城市添了新景观，这也是有利于交通安全的。按说要货的订单也不少，我们也开心，厂里好了大家好，俗话讲'大河里有水小河满，大河里没水小河干'嘛，可是天有不测风云，事物的发展常常不以人的意志为转移，本来还好好的，厂里突然来通知，说'停下来，不要生产了'，你们都下岗了。"

讲到这里时，我提出要喝口水，警察随手就把自己的茶杯递到我手上，他俩都听得入了神，警察见我喝水，还不住地追问："后来呢，后来呢？"我放下茶杯，长长地吸了一口气，继续往下讲。

"这是半年前的一个下午，大家正在车间里整理自己的工具箱子，刘主任一个人对着窗口发呆，起先我们也没有在意，就要下岗了，大家的心情都不会好的，说实在的，平时外人到我们车间里来，都嫌气味重，不习惯的，只有我们待长了，才觉得这气味好闻，以后闻不到了，肯定是要想念的。我正这样想着，就听到有人突然哭出声来了，而且是越哭越响，你猜是谁？"

明星和警察异口同声道："是刘主任。"

"对，正是刘主任，你再猜他是为什么这么伤心痛哭。"

明星抢先答出来："下岗了呗。"

我将眼光投向警察，警察一阵沉思，然后谨小慎微又不紧不慢地说道："恐怕不会这么简单，根据我一向的经验，越是按照一般道理的时候，越是顺理成章的地方，就越是容易岔路失羊。"

我说："对了，真不愧是干公安的。"

警察有几分暗喜地："也没有啥，吃什么饭当什么心嘛。"

明星急着要听下去："讲呀，讲下去。"

"我们都以为刘主任是为下岗难过，其实呀还有更伤心的事呢，你猜是什么，原来呀，她的女儿小红得了白血病，已经快不行了，你说这事……"

明星插话道："真是白血病呵，有点儿电视剧的感觉了。"

警察急忙喝住："听人家往下说，你别打岔呀。"

"平日里他一心扑在厂里，扑在皮鞋上，也顾不上女儿看病求医，结果呢，厂子还是垮了，现在他下岗了，有时间陪女儿了，女儿却要离开他了。你说他能不伤心嘛！我们大伙儿也替他难过，不少人忍不住流下了热泪，刘主任反而劝他们不要哭坚强些，当时的场面呵，真叫感人呢。

"冷静下来以后，大家就对刘主任说，事已至此，想吃就买一点给她吃吃，想玩就带她出去玩玩，你这做父亲的，到了尽义务的时候了，从某种意义上讲，这也是有始有终呵。

"刘主任说，他也是这样想的，可是小红，就是刘主任的女儿，也不要吃什么，也不要玩什么，她只想听一场明星的演唱会。"

说到这里我看了一眼明星，警察也正抬眼看他，明星肯定觉得应该潇洒一点，就故作轻松地说："总算轮到我出场了，想来想去是个配角嘛，你讲呀，看我干什么，往下讲呀。"

"厂工会，团支部知道了这个事，就联合发起了献爱心活动。工会主席说，工厂虽然倒闭了，工会也已经解散了，但我们这些人还在，当年战场上的英雄说得好，人在阵地在，我们今天虽然是阵地没有了，但我们这些人还在，人在爱心在。工友们，把你们的爱心掏出来吧。大家便争着献爱心，有不少人献好几颗爱心呢。"

警察打断我问道："一个人怎么会有几颗心呢？"

没等我回答，明星抢了说道："亲朋好友呗，咄。"他露出了很明显的认为警察智商不高的意思，也算是争回了刚才的面子。

我对明星赞许地点一点头："对，是亲朋好友，包括一些外地的，也广泛地进行了联系。这里我还想说一个小插曲，我们车间的团小组长，还给台湾的民政部门写了一封信，他有个姑妈肯定是去了那里，但一直没有联系过，他在信上说，能找到的话就对姑妈说清楚，自己是不会要姑妈一分钱的，只是希望姑妈能资助一下小红。"

警察问："找到了吗？"

我对他一再打断我有点反感，但还是语气柔和地说："你别急，听我慢慢往下说。事情是这样的，到目前为止台湾当局还没有答复，但也不能因此认为就一点希望也没有了，是吧？"

"大家七凑八凑，凑了六千多元钱，就开了介绍信去文化局联系，文化局的同志说，歌舞团正为没有演出犯愁着呢，不如两下里凑凑，叫他们去演一场，也花不了这么多钱的。我们商量了，觉得不是办法，就又去找文化馆，文化馆的领导说他们可以调动一些文艺演出积极分子，他们不少都是原来在专业剧团干过的，所以水平是不错的，而且稍稍付一点劳务费意思意思就行了。我们觉得还是不妥，就没有答应，但文化馆的领导很客气的，还是留我们下来吃了客饭，领导说：'买卖不成仁义在'，我们工会主席说：'不，是人间自有真情在。'"

正好说到吃客饭，另一个警察推门进来，向警察敲敲手上的盆子。警察说："吃中饭了，要么先一起去食堂吃一点吧，晚了红烧肉要没有的。"

我说："正讲到紧要关头呢。"

明星挥挥手道："先讲先讲，完了找个小酒馆聚聚。"

警察头一斜："亏你说得出，我们派出所可没有招待嫌疑犯这项开支。"

我说："要我讲讲可以的，反正我是下岗工人，客是请不起的。"

明星说："俗气了，俗气了，我买单还不成吗？讲，你讲。"

"真是没有钱愁钱，有了钱还得为花钱犯愁。小红的病情是一天重于一天，又送进医院去抢救了，怎么办呢，正在大家一筹莫展的时候，俗话说'山重水复疑无路，柳暗花明又一村'，俗话还说'踏破铁鞋无觅处，得来全不费工夫'，你们猜怎么着，我们工会主席盯着我看了好一会而，突然一拍大腿说：'有了。'

"他指着我问大伙儿，这张脸像谁？大家一下子恍然大悟。就想出了由我代替明星的主意。刘主任说：'正好过两天小红就要过二十岁生日了。'

"起初我坚决反对，我又不会说又不会唱，只不过长得有点像明星。"

明星插话道："形似，不是神似，你只不过是形似而已。"

我没去理会，继续往下说。

"大家就劝我，说这也是没有办法的办法，我是团员，而且还是打了入党申请的要求进步的青年，想一想雷锋遇到这事会怎样？救人如救火，到一到场，你好我好大家好，也用不了花太多的钱，少花钱多办事，少花钱办好事，就这么定了。

"我说到时候我手不会动话不会讲，出了洋相反而会坏事。大家说不会的，明星的动作大家教给我，到时候他们也会配合我的。

"大家群策群力，教了我不少明星的动作。"

下午

明星眼睛一亮："比如什么动作呢？"

"比如，看人时头歪一点眼睛斜一点，这动作我操练了好久，现在呢，都有点校正不过来了，喏。这样，这样的。"

警察喊了出来："像，真像。"

"再比如，说话时带着这个手势，小拇指还要翘起一点，现在我有点儿做不来了。还有，还有这么转身，这么鼓掌，这么鞠躬，鞠躬要脖子尽量伸长，这是有点难度的。"

我做了一鞠躬，但明显没有做好，明星立起身示范说："要这样。"

"对的，是应该这样。那几天我在练动作，别人也在忙这忙那，居委会老年迪斯科队来了，小学里的少儿鼓乐队也来了。到了小红生日那天，她们家的巷子里是挤满了人，我一到，大家就载歌载舞地欢迎。我问是不是太假戏真做了，我们工会主席说：'就是要这样，这样有声势，同时也是一次很有意义的精神文明活动。'

"小红见我走进房间，眼泪'唰'地流了下来，她说：'我真幸福，我太幸福了！'就让我在她的衣服上签名，这是事先没有想到的，但我很机智地在她衣服上签了两个拼音字母，再画上一颗鸡心，这是我电视里看来的，没想到关键时候能派上用场呢。

"我说：'小红，我们大家和你在一起，安心养病吧，你会好起来的。'小红说：'能见上你一面，我就是马上就死，心里也是高兴的。'我说：'让我们大家一起来唱一支歌吧。'工会主席就站在阳台上指挥，男女老幼齐声高歌《爱的奉献》。"

　　这是心的呼唤，这是爱的奉献，这是人间的春风，
　　这是生命的源泉。再没有心的沙漠，再没有爱的荒原。

死神也望而却步，幸福之花处处开遍。啊——只要人人都献出一点爱，世界将变成美好的人间。啊——只要人人都献出一点爱，世界将变成美好的人间。

"当时的场面，真是让人感动，我也止不住落下了眼泪。我们这次活动，大部分人是不知道我是假明星的，这事儿只传达到居委会小组长、班主任和班级里中队长以上的班干部，所以不少人都在说'到底是演员，说哭就哭了'。你说好笑不好笑？按说这事过去就过去了，谁知奇迹出现了，小红自见了我一面以后，病情竟有了好转，而且是一天好于一天。刘主任找到工会主席，工会主席连夜召开紧急碰头会议，说我们不能见好就收，而要趁热打铁。一方面，我们请团支部书记以明星的名义给小红寄一些旅游纪念品什么的，其实这些东西在风景点上到处都是；另一方面，就是要我再去看望小红。我就又去了两次。第一次陪她去看了一部电影，第二次一起吃了晚饭，用的就是大家献爱心的钱，工会主席说拨一部分出来，算是我的活动经费，但我觉得平白无故地花大家的钱，真不好意思。"

"后来呢？"明星和警察见我停住，齐声问道。

"后来，后来，就是他来参加赈灾义演，小红去看演出，到后台找他，他觉得有问题就向派出所报案，你们，你们警察就找到了我。"

明星说："我当初想肯定是有人借我名义干坏事了。"

警察点了点头："一开始我们在召开案情诸葛亮会时，都认为是诈骗，后来看看又像是流氓团伙活动，现在才知道是这么一回事。"

这时候明星立起身来，伸个懒腰："哈，肚子饿了，填饱肚子再说吧。"

"先等一等，这事在我这儿算完了。"警察边说边拿出一本上面写有"大案要案"字样的卷宗，在上面打了一个勾，然后说道，"你要告他也可以到法院去告，我说嘛，就让他打个招呼算了。"

我看看警察，心里有点谢他的，再对明星小声道，"你要我打招呼，赔礼道歉，写检查书什么的都可以的。我下岗快两年了，你要我赔钱，四五百的我还能凑凑，多了我就拿不出来了，拿得出我也舍不得的。"

明星说："好了好了，碰上这事，也是我走运，也算咱们有缘，走吧走吧。"

结果我们三个找了一家饭馆，吃吃喝喝，谈谈说说的，很放松也很开心，大家都险些有点儿觉得彼此是要好的朋友了。

不知不觉地天色暗了，警察突然想起来："该走了，我还要去巡逻呢。"明星说："我们一起去吧。"

我和明星跟着警察站起身来，出了店门，一个挨着一个，踩着歪歪斜斜的步子，穿过马路。

二

后来不多久我又在电视上见到了明星。那是一次宣传义务献血的演出，明星英姿勃勃地走上舞台，说了晚上好很高兴什么的以后，沉下脸来，说："他爱上了她，却没有开口说出来。她买了飞机票要到美国去了，心里却仍在等着他开口挽救她。等他赶到飞机场，飞机刚好起飞了……"说到这里，音乐声起，明星就唱出声来："你说，我像云……"大家不由自主地鼓起掌来。

这时候我正坐在刘主任家的电视机前，看着明星哼哼哈哈。我忍不住溜了一眼小红说："明明是挽留嘛,怎么好说挽救呢,真没文化。"

小红说："你才没文化呢,你想想,好端端一个姑娘,到美国去不是羊入虎口吗?"

刘主任在一边附和着说:"也对,美国人可不是省油的灯呵。"

我再转头看一眼小红,不由心潮有点儿起伏。与人方便自己方便,我虽然不爱小红,但小红也不是一无是处,男大当婚女大当嫁,禾苗盼甘霖百川归大海,说不定过了这个村还没有这个店呢。这样一想我反而有点坐不住了,我说:"小红我想通了,我就娶了你吧。"

小红一副木愣愣的样子,接着突然地爆出大笑,并且越笑越急,仿佛是刹车失灵的下坡路上的自行车。我说:"小红我理解你的心情,我知道你是喜出望外,可你不要这样激动。"

小红喘不过气来,泣不成声似的说道:"你,你真逗,我,我和你结婚?什么呀?你真以为你是明星啦?哪儿跟哪儿呀?"

真是哪儿跟哪儿。

后来刘主任特地陪着工会主席找到我家里来,工会主席严厉地批评了我以后,又语重心长地说,"你怎么会有这样的想法的呢?我们工作下了岗,思想可不能下岗呵。"

我说:"我错了。"

工会主席掉转头对刘主任说道:"这事儿是坏事也是好事,我们可以把工友们组织起来,通过这件事情现身说法,过一次有意义的组织生活和工会活动。"

刘主任说:"现在这情形,就不知道大家有没有这个心思,肯不肯来参加。"

工会主席想了想说:"工会的账上还有一些经费,凡是来参加的职工,一人发五元钱补贴,我认为我们的职工是有觉悟的，我们的工会是有凝聚力的，再说了，大家下岗在家，闲着也是闲着呀。"

那一天厂里的工友都来了，大家你一言我一语争先恐后地批评与自我批评，工会主席总结归纳为"三自一帮"，就是我们下岗职工要自立、自强、自爱和彼此之间相互帮助。大家还围绕"三自一帮"进行了座谈和分组讨论，并达成了以下共识：

一、咱们工人有力量。

二、幸福不是毛毛雨，不会自己从天上掉下来。干干干，我们要大干。

三、靠山吃山，靠水吃水，靠皮鞋吃皮鞋。有条件要上，没有条件创造条件也要上，这话落实在我们身上就是要想出办法把皮鞋卖出去。

四、由工会组织文艺宣传队，在新形势下，更要发挥文艺轻骑兵的作用。

我积极地报名参加了文艺宣传队，当时也没有想得更多，只觉得要立功赎罪，争取进步。

我们的演出获得了巨大的成功，"拿起了几块皮，钉呀么钉一起。做也不容易，卖也不容易……"每次在嘹亮的《皮鞋工人之歌》的歌声中，看着销售科的同志拿着皮鞋走进围观的群众，我们的心里，是多么高兴呵。

五一的前一天，我们宣传队来到了北京，节日的首都洋溢在一片热烈欢快的气氛之中。本来大家坐了一天一夜的硬席火车，都已经很疲乏了。工会主席说："首都人民看着我们，党中央看着我们，考验大家的时候到了。"

"还有国际影响，春暖花开，报上说不少国家的领导人都要来北京春游呢。"刘主任说。他现在是女声小合唱的指挥。

"什么春游,那叫友好访问。"工会主席说。

"党中央在中南海呢,怎么看得到呀?"我问道。

"外国领导来了,总不能让他自己打的去人民大会堂吧,党中央派人去接站。车子经过这里,不是看到我们了吗?"工会主席边说着边想了想又关照大家,有领导要和我们握手应该怎样,要合影应该怎样等之类。

热情好事的北京市民和一些外地游客都上前来了,场子已经凑得七七八八,这时候却有几位执法值勤的同志挤进人堆,要我们出示一下演出许可证。工会主席就把我们的具体情况谈清楚,他们通情达理地说:"那就算小摊小贩临时出摊吧,又省时又省钱。"北京人真好,大家的演出热情也就更高了。

音乐声起,渐渐由凄厉深沉而意气风发而激越高亢,群众的情绪明显为之感染。

我没有演出任务,只是混在人堆中,适当的时候启发大家鼓鼓掌。在我觉得火候差不多了,正要开始策动鼓掌,一条手臂伸展过来,卷着我直往外面拖去。

人有旦夕祸福,我遭劫持了。

这是我最初的想法,它反而使我自然而平静。一方面,我一个下岗男工人,要钱没钱,要势没势,除了皮鞋,我有办法搞到批发价,其他是一无是处了;另一方面,坏事变好事,在确保自身安全的前提下,逮住了机会,智擒歹徒,怎么说我都是英雄了。

我甚至想到了记者采访时该说些什么,并开始打起了腹稿,因为到时候措手不及支支吾吾,难免会在群众中造成不好的影响。

只是我整个地错了。

所谓劫持或者伸展手臂将我拖走的，仅仅是一个楚楚动人的女人。我为自己的不堪一击和乱七八糟的异想天开而无地自容。望着她忧郁而深沉的眼神，我想出一句话来："其实我可以不跟你来的，我只是想，说说清楚也好。"

　　我在说这话时，不太敢拿眼对着女人，我的眼神在屋子里飘来飘去时，终于弄明白了，这里是明星的家，这个女人是明星的妻子。我的眼神和挂在一边墙上的明星照片上的眼神撞到了一起，这小子是一副幸灾乐祸的样子。

　　"你早这样想多好呵。"女人说，"唉，打碎了的碗是粘不起来的，粘起来了，也是有碎过的痕迹的。"

　　我必须告诉她我不是明星，她认错人了。但我文化水平低，也没有好好地念过几年书，怕女人看出这一点来，实在是很失面子的。

　　"要是把玻璃杯打碎了，是粘也粘不起来的了。"我这样说的时候，觉得自己真是机灵。

　　"你还是不能面对自己，不能面对我。"

　　女人这样说的时候，明显地有点扫兴和灰心。我想也可能是她认出我来了，实在不论她认不认得，我都应该对她说明白了。

　　"其实我不是……"

　　"你又来了，你有什么放不下的呢？我本来就是小杜的人，当时我和他都正式说起过婚嫁的事了，五一还是十一，后来说还是十一吧，秋天是收获的季节，在普天同庆、举国欢腾的日子里，举行我们的婚礼，应该更有意义。"

　　女人一脸的回忆，仿佛已经沉入往事，她在我对面的沙发上坐下来。

　　我本来想讲两句的，至少也得表明一下态度，但我看出来女人还想讲下去呢，她是要稳一稳情绪，说得更好一点，我是不能扫了她的兴的。

"最难忘怀那年的九月十八日，你来到夜来香歌舞厅，一下子闯进了我的生活，你说那是'午夜的收音机轻轻传来一首歌，那是你我早已熟悉的旋律……'也是怪我太年轻无知，稀里糊涂地就跟着你走了。隔两天小杜来找过我一次的，他着急地问我，是生米还是熟饭，我说还是生米呢，他说这就好，让我跟他。我说，我不走，有了生米就不愁它做不出熟饭来。现在想想，我真是太伤他的心了。"

这时候女人的眼中，落下两行清泪。我有点不知所措了，就去卫生间拿着一条毛巾，送到女人手上，女人擦了一下，睁眼一见："拿条洗脚布给我，你，你什么意思？"

"对不起，我不是故意的，真的。"

女人突然平静了许多："你这是何苦呵，你也不在乎这个家，也不在乎我，说起来我本来就是小杜的人，你现在只不过是把我还给他罢了。"

"你听我说，你要把我当成明星，那你就错了。"

"我不管你是谁，反正你不是小杜。"

女人讲这话时，很是干净利落，这样我就不好再说什么了，女人是一副不要再开口说话的样子，我也是。我们俩就呆呆地坐着。直到电话铃声响起，我下意识要去接，突然想起看一看女人，女人已经伸手抓住电话了。她说："喂，小杜，是你吗？我知道，是，是。反正我生是你的人，死是你的鬼，他要不答应签字，我就从这楼上跳下去，我要落个不死不活的，就吊着他，什么？好，好，不吊他，吊你吊你，你放心吧，好，好，吊你吊你，半死不活也不能便宜了他，行，行。"

还没等我反应过来，女人放下电话，一下子窜到了窗口边。待她转过脸时，已是一派坚定不移横眉冷对的架势："要么你签字，要么我从这儿跳下去。"

这样的大义凛然和视死如归，使我不由自主地想起了好几个存在脑子里的英雄，我只在书本上电影里看到过的神态，活生生地摆在面前了。那么我算什么呢，日本鬼子？国民党匪军？这真使人气恼。

"要么你签字，要么我从这儿跳下去。"

女人又重新说了一遍。

我这才明白过来这不是演出或开玩笑，性命攸关的事情，要慎之又慎。一下子有点慌神了："你过来，有话我们好好说。"

女人冷冷道："我都站到窗口边了，还有什么说的。要么你签字，要么我跳下去，要奋斗就会有牺牲，这个道理我懂。"

女人说着就要向窗口上跨。

"别，不要，我签字，我签。"

女人立刻喜出望外，"嗖"地来到我身边，利索地从口袋里掏出一张纸，安在我面前的桌子上。

"按个手印行不行？"

"只要是你落下的记号，怎么都行，这儿，就这儿。"

女人指着的地方，写的是同意离婚。但我已经是推车上壁了，反正救人要紧，这肯定是错不了的呀。

女人拿起我盖了手印的纸条，不由感慨起来："真是，不经一番严霜苦，哪得寒梅扑鼻香。"

"我还是要告诉你，其实我不是……"

"你要反悔可不行。"女人坚决地说道，然后依到我身旁，"明天我就拿着这个到法院去办理手续，不过，过河拆桥的事我是不干的，说起来法院判决前我们还是夫妻，你放心，我会站好最后一班岗的。"

女人说完，转身去卫生间。我听到放水的声音响起来，接着热腾腾的水蒸气开始向外面弥漫。女人从水蒸气中走出来，朝我妖媚地一笑，走进房间，没有一会儿又出来，她的手里多了一件男式睡衣。

　　"你先去洗。"女人说。

小 区

我不能说清穿这样制服的是武警或公安或保安或联防或别的什么，我只知道他们是小区的门卫。当我走进大门时，他们就头一羁枪一斜算是敬礼致意，我就向他们点点头，但他们毫不理会。起先我还以为是他们没有看见，就装着出去卖东西，返身出门以后再回进来，当他们敬礼时我明显地点头，并对着他们张开了笑脸，但他们肯定地视而不见，他们严肃而英武的气概，使我从心底涌起一股安全感。

一些装修过房子的朋友告诫我，民工的事情说不清，装修完工以后防盗门锁、大门锁都要换掉的，防人之心不可无。我想有这样的门卫在，换锁是多此一举了，民工中也毕竟是要好好过日子的多，极个别真要有什么不安分想法的，到小区来弄事情，岂不是自投罗网。

但我觉得替我办事的民工绝非此辈，他们全有热爱生命、热爱生活的表现，连前来送材料的也是面慈目善的样子，他们认认真真地搬运，然后依依不舍地离开，他们的眼中流露着明

183

显的对小区的关爱之情，就差没有脱口而出我要能住在这里就好了。

这时候我就想，小红要来小区看我，自然也不会无动于衷的，我和小红的关系，将因为小区，而产生历史性的突破。我俩不温不热地处了三年，该有个说法了，能成的话是你好我好大家好；不成的话，用我们市里招商引资的提法叫"筑巢引凤"，守在新居里，总有人因为我到小区来，或者因为小区到我身边来。当然若这个人是小红就更好了。

我刚好想到这当口，就有人来敲门，我想是小红来了，当然只是想想而已，其实是绝不可能的，因为她还不知道我搬进小区呢。

我把门打开将脸探出去，那个人就叫了我的名字。

"我是小区警卫中心的李督察，督察就相当于公安分局的副局长，你叫我李督或李督察都可以，叫我老李也可以。"

"你好，老李。"

"你还是叫我李督察吧。"

"好的，李督察。"

"干我们这一行更多的是要紧张严肃，少一点团结活泼或许对工作有利，希望你能谅解。"

"我谅解，我能谅解。李督察进屋来坐吧，他们正装修着呢，有点儿乱的。"

李督察意味深长地扫了一眼正替我铺地刷墙的民工，然后说道："我就不进来了，下次吧，喏，这个表格你抽时间填一下。"

他就将一叠表格交到我手上，又看了一眼那几个民工，然后挥挥手说："不要送了，不要送了。"

我对为我打工的民工说了填表格的具体情况，这些通情达理的人儿稍事商议便达成了共识：人前人后一个样，白天黑夜一个样，有事没事一个样。

这以后的几天日子，就在为这些表格奔波忙碌。我花了半天工夫，泡在医院里，完了医生指一指表格上的"有无脚气""有无头屑"这两栏说让我自己填写一下吧。接着又去从前的小学、中学、大学，让那些班主任老师证明我曾经是他们的学生，我小学时候的班主任张老师已经不幸过世，学校人事科出具张教师确系该校教师的证明，并于哪年哪月出任那个班级的班主任，学校工会出具张老师已于哪年哪月去世的证明，学校教导处证明哪年哪月该生就读于该校。

但表格上还是留下了不少空白，我想不如去问一下李督察吧，就回转到小区去寻找警卫中心。

我向小区的人打听警卫中心在哪里，年长一点的避之不及，还不时回头打探我几眼，言下之意无事端端找警卫中心不会有什么好路道的。年轻一点的立刻会警惕起来："你是谁？你想干什么？"

我无言以对，只有在小区里面沿着有路的地方绕来绕去。接近黄昏的时候，才觉察到在我身后的路上，已经绕去了好多的时间，并且有好几个地方我经过了不止一次。这时候我想要是有一张小区地图该有多好呀。

但我只能在走过的路上做上一些记号，画个三角或者圆圈，这个方法在电影电视中用了不少，是大家公认的陈词滥调，但在实际生活中的确能派上用场，当时我没有想到这事儿给我生出了不少麻烦，反正我就是凭着这个办法，找到了小区警卫中心。

守卫在门口的年轻人一副意气风发的样子："住在小区。"

我想对他说我是住在小区的，但终究觉得不是这么一回事，就冲他笑一笑，然后避开他想往里面去，但他身手敏捷地又一次拦到我的面前："住在小区。"我认真地看着他，实在不知该怎么是好了。

"热爱小区。"

亏得这个时候李督察来了，他随口应了一句，又朝那哨兵点一点头，然后对我说道："进来吧。"我就跟随着他进去了。

"这也不怪你，你没有正式住进小区，所以自然是不知道我们的联络暗号和口令的。"

李督察边说着边把我领进了审讯室。

我说："李督察你走错地方了。"

李督察说："没错，没错。"我说："你的办公室该不会就在这里的吧？"

李督察突然警觉起来："你为什么要这样问，你想知道我办公室在哪干什么？你不至于为了了解清楚这个事情而到处打听警卫中心吧？"

我只好说不是的。

"我就为这些表格而来，它们花去了我很多的时间，但有些地方还是不明白该怎么来填写，比如这个，月经，这是女人的事呀。"

"你没有不等于别人没有，你现在没有不等于你以后也没有。"

"再说这什么日子来，多少周期，用什么卫生巾，你要了解得这么清楚干什么？这和住在小区又有什么关系呢？"

"没事起来没事，一有事可都是线索。干我们这一行就是要平时做个有心人，我跟你说得太多了，你还有什么事吗？"

我只好说没有事了，就立起身来告辞。

在我走出警卫中心不多久，就明确地感觉到身后有人跟着我，当我还没有完全肯定他是在盯我梢时，就学着电影里的样子，突然地掉转头迎面朝他而去，他就急忙着蹲下身子来系鞋带子。我内心会意一笑，返身而去，走不多远，又突然间转身，义无反顾地走到他的身边，他只好尴尴尬尬地再蹲下身体，假模假样地系着鞋带子。我在他门前立着不动，他抬眼看看，讪讪说道："这鞋带，我还以为没有系好呢。"

我只当是警卫中心的军事演习，并且在脑子里盘点着有些更好的电影可以推荐给他们呢。我根本没有想到这是一次完全针对我的行动，并已经开始对我的日常生活产生了不小的影响了。

先是为我装修房子的民工一个个都不来了，住在我楼上的意味深长地看看我，然后说你去居委会问问吧。我找到居委会，一个主任兮兮的女领导镇定自若地告诉我："那些民工是我们通知不要来的。"

"为什么？凭什么？"

"你铺地板乒乒乓乓的，影响别人了，不铺地板不一样能住吗？"

"可人家也铺了呀。"

"正因为有了人家失败的教训，前车之鉴，我们就不能让你犯同样的错误了。再说人家是人家，你是你，想一想，好自为之，不要忘乎所以。"

待在七零八落的房间里，我真的有点不知所措。

接着有人来我单位外调，领导说："真没有想到你竟然是这样的人。"我问领导究竟是怎么了。

领导说："怎么啦，你自己最清楚，按说生活中的事单位不便干涉过多，但你毕竟也是单位里的一员，劝你还是早讲早好，把问题谈清楚了就行，主动权还是在自己手里。"

我就打电话到小区警卫中心。

李督察说："是你呀，我就知道你会来电话的。"

"我到底干了什么，你们要这样对待我，这事儿你们得给我一个说法。"

"你干了什么你自己最清楚，怎么问我？"

"可是我没干什么呀。"

"满饭好吃，满话难讲。真金不怕火炼，身正不怕影斜。若要人不知，除非己莫为。至于我们，决不冤枉一个好人也绝不放过一个坏人，这个我想就不用我来多说了吧。"

李督察爽爽地搁下电话。

我真的不知道如何是好了，我不知自己是被冤枉的好人，还是漏网的坏人。回想我并不漫长的人生历程，上小学是第一批少先队员，初三就加入了团组织。历任课代表，劳动委员，宣传委员，副班长兼团支部书记，班长兼团支部副书记。上课积极举手发言，下课按时完成作业。参加工作以后也是不迟到不早退，勤勤恳恳工作，挣到了钱买了小区的房子，连粗话我也是难得骂骂的，我怎么会……这时候我想起了小红，该不会是她？

小红是我的女朋友，说起来我俩也是谈了三年多恋爱了，花前月下不少，卿卿我我却不多的，也就是说我俩的关系始终没有什么突破性的进展。小红讲得很坦率，稍稍摸摸可以的，别的脑筋不要动。前一次我感情战胜理智，将她紧抱在怀里，并腾出手来掀起她的长裙。这时候我觉得小红也有了情绪，她明显地流露着前所未有的缠绵，但这样的神态稍纵即逝。

"不，这绝不可以，你不要逼上梁山。"

"人家重大比赛还都有热身赛呢。"我说得已经有点有气无力了。

"那你找人家热身好了，想不到你竟是这样的人。"

小红丢下这句话就起身而去。

事情的大致经过就是如此。小红要是一怒之下，向有关方面举报了这件事，算我是流氓罪，倒也不是没有可能。

具体的法律条文我也不清楚，这样心里就更没有底了。是先找小红问问明白，还是直接向警卫中心谈出来，我也不知道。就在这个时候，小红的电话来了。

"你上哪儿了？怎么到处找不着你，是不是因为那天的事生气了？"

"你还提那天的事，我有错误你向我指出嘛，你这算是什么呀。"

"什么什么呀，那天的事，是坏事也是好事，我们都经受住了灵与肉的考验，我要告诉你的是，这样的过去，已经一去不复返了。"

我以为她这是回绝我了，不由一阵恼火："吹就吹，真是患难见人心。"

"你还生我的气呀，我俩的事我已经向我爹妈说了，他们也同意了，爱到尽头覆水难收，我不管你怎么想，反正是嫁鸡随鸡嫁狗随狗，我生是你的人，死是你的鬼。"小红哽咽着说不下去了。

结果是这么一回事，我实在一点思想准备都没有，这时的心情真是久久不能平静，天也新地也新山也笑水也笑，我险些错怪了小红，一时也不知说什么才好，只是不住地叫着小红小红。

"我爹妈要见见你，你看什么时候好，你也不用紧张的，不过是一个形式罢了。"

"我不紧张我不紧张，什么时候都行的。小红，我也有事要告诉你呢，我买了房子了，就在小区，我正装修着呢。"

"真的吗？"小红明显地破涕为笑。

"我这不是做梦吧，我在上小学时，刚好是小区破土动工，我还写作文呢，工人叔叔真伟大，后来小区竖起第一幢楼房来，我就想我要住在里面多好呵……"

小红后来说了些什么我没完全在意，那装修到一半的房子闪过脑子，这使我不安起来。我冥思苦想，若不是小红这件事，自己究竟做错了什么，却还是百思不解。我的心里是忐忐忑忑的，以至于不知不觉地进了小区大门还没有察觉。

夜色中的小区静谧和谐又祥和，那黄澄澄的灯光，敷在墙上和地上，细腻而优美。道路两边的树叶和树叶，在轻风的督促下，懒懒地摇晃并发出"沙沙"的声响来。一些星星透过枝丫，闪闪烁烁，而更多的星星则是"叮叮咚咚"地敲在忽明忽暗的窗子上，使小区泛出童话般的光芒。人生多幸福，生活多美好，走在小区夜色中的人都会这么想，即使是心事重重的人也不例外。我在这样想的时候，不由自主地打了一个喷嚏，这个喷嚏很带劲也很精神，并"唰"地闪出一道光亮来，其实喷嚏是没有光亮的，但我当时一点也没有在意。直到我再次找到李督察，才明白那光亮原来是照相机的闪光灯发出来的。

我去找李督察，当然是想问清自己身上背的不明不白。

"李督察，我诚心诚意地希望组织上帮助我挽救我，我求求你们不要让我在犯错误的道路上越滑越远了，你就给我指出来吧，哪怕是给我提个醒，我也是受用的。"

"知道自己在错误的道路上越滑越远，就是进步嘛。十年树木百年树人，治病救人从来不是一蹴而就的。没关系，我们可以等的，我们有足够的时间，我们也有足够的耐心。"

"我真的是千头万绪不知怎么理好，千言万语不知怎么说好。你稍稍点拨我一丁点，对我来说也是受用不浅的呀。"

"你自己做的事，是瞎子吃馄饨，肚里得知。还用我来说吗？不过不管你是真是假，你这态度是对的。我就说一点吧，前天晚上你干了什么？"

我从头想起滤了一遍，又回放了一遍，实在想不起什么，只好对李督察说道："前天晚上我没干什么。"

"瞧瞧，瞧瞧，挤牙膏了不是？前天晚上你回小区，打了喷嚏没有？"

"我，我实在不记得了。"

"你不记得我记着呢。"李督察说着就拉开抽屉，从里面拿出了一张照片来。

我敢说没有人见过自己打喷嚏的形态，纵然你是刻意要看，对好了镜子，也是难以看得清晰和周全的，而现在我明白，这个问题可以通过照片解决的。

这是黑夜中的我，情不自禁的一个瞬间，一些晶莹的水珠从我脸上溅射出来，使我的鼻子像美丽的喷泉。

"小区里不准随地吐痰和打喷嚏，你不会不知道吧？"李督察问道。

"我真的不知道，我只知道不能随地吐痰。"

"打喷嚏和吐痰一样损害他人健康，不准你随地吐痰了，你就消极抵抗打喷嚏。同志呵，你该好好反省反省了。"

"我没有呵，我没有这样想呵。"我说这话时，心里像一片糨糊。

"当然这事不归我们警卫中心管，今天早上卫生防疫部门已经把你的体检表格拿去了，他们会会同绿化、城建和有关部门具体处理这件事的。"

"可是，这和城建绿化又有什么关系呢？"

"树木和道路的消毒工作离得了他们吗？可以明确告诉你的是，要涉及的地方还不止这两个。"

"这，这真有点兴师动众，我又没有传染病的。"

"明人不说暗话，就我所知你多头屑，有脚气，这事儿不假吧？"

"可你又听谁说起这头屑、脚气会传染呢？"我有一丝丝理直气壮地说道。

"我也没听谁说过这东西不传染呀。"李督察对我说这话时，那神情就像见了猎物钻进圈套，就要开始扎紧口袋子了。

我不记得怎么出了警卫中心的大门，只晓得自己是前账未清又添新债，我还没有正式住进小区呢，以后的日子怎么去打发呀。不如搬出来换个地方住算了，这个念头从我心里冒出来并久久不能散去了。当小红通知我去她家见见她爹妈时，对着基本上将会成为我亲戚的二位老人，我不知道如何才能转弯抹角地说出来搬家的方案。

伯母笑眯眯地对着我说："没什么菜，饭可要吃饱呀，不能留肚皮的。"

我说："很好，很丰盛的，很对我胃口。"

伯母说："这你就假客气了，我们把你当成一家人了，所以也没有特地准备，有什么吃什么。你现在说很丰盛，分明是心里有气嘛。"

我急忙辩解："没有，我没有呀。"

伯母盯着我看了好一会儿，然后无奈而灰心地摇摇头："我觉得你这人有点虚伪，而且是欢喜肚皮里做文章的，把小红托付给这样的人，我还真有点放心不下的。"

我无言以对，又不想让她觉得我心里别扭，就做出要去喝茶的样子，偏偏不凑巧，手不争气地抖了抖，茶水泼出来，衣服湿了一大块。

伯母一脸不屑："想瞒过我的眼睛？"

小红好心眼，不想让我更加尴尬，把一只削好的苹果递到我手上，然后做出幸福得不得了的神情，一只手搭在我肩上，再把半个身子靠上来，笑眯眯对着她妈妈说道："他房子都买好了，是小区嗳，已经在装修了。"

这时候伯父咳了一声，明显是要开口的意思，大家拿眼溜他，他果然开口说道："这事我谈一点不成熟的想法，一孔之见，也不一定正确，供你们两个参考吧，说起来是嫁出女儿泼出水，但终究是血浓于水，最起码也要扶上马送一程吧。当然，我们是两代人，各自的经历不同，所受的教育不同，世界观也自然不一样，比如关于小区的问题，小区在城西，小红上班在城东，这是不是有点南辕北辙。住小区是气，是身份，是高贵的标志，但小区真的是尽善尽美了吗？我看是未必。以后是你们两个过日子，一时的排场不是好，日日小康才是真的好。"

我立刻想到"踏破铁鞋无觅处，得来全不费工夫"这个说法来，又颇为狡猾地露出略有无奈但还是听话顺从的样子，接着伯父的话茬说道："伯父说得对的，是我考虑不周，我就去把小区的房子退了，再联系城东的房子，这样小红上班近了，离伯父伯母也近了，大家也好有个照应。"

我为自己天衣无缝的通情达理窃喜，但明显是高兴得太早了。

伯母警觉地说："你不会以小区为诱饵，把我们小红勾到手了又玩起别的花招来了吧？"

"怎么会呢，我怎么会是这种人呢。"

伯父开口道："你们两个不要急，也不要争，我个人以为，妄下断语不好。自我标榜呢，也不好。我说小区有缺陷，并不是说小区就是一无是处；我说小区不理想，也并不是说住在别的地方就十全十美了，你年轻，容易冲动是难免的，可也不要说到风就扯蓬呵，古人说三思后行，你没有三思，二思总要的

小区

193

吧，二思也没有，想一想再说应该是可以做到的吧，我的要求是不是苛刻了？"

伯父并没有要听我回答的意思，我也明白答案已经是在问题中了，我告诫自己不要开口，因为原本已经留下了一个不太好的印象，再接口说话，显得我这个人既不好又不太聪明了。

这时候时间是怎么一滴一滴向前走的，我都懒得去理会了。当伯母说"不早了，你也该回去休息了"时，我情不自禁道："伯母你真好。"

小红说："让我送送你吧。"

那一对男女的女儿是我的未婚妻，并且没特殊情况的话，基本上我们俩将成为夫妇。我们二人从楼上下来，我就提议自己一个人走。

小红说："也好，我就早点休息，明天帮你去装修房子。"

见我不回答，小红看着我又说："你怎么不说话，想什么呢。"

我只好说："小红，你真好。"

小红明天要到小区来，事情到了这一步应该有个说法了，也就是说，再这样不明不白地混下去不行了。我连夜往警卫中心去。

我以为门口的哨兵又要问起口令，正想着该如何应付时，他"唰"的一个立正并把很崇敬的眼光投在我的身上。我也没有太多理会，直往里面而去。

警卫中心的一间大厅灯火通明，我走近去看，是会议室。我走进去时，见李督察和一些人围坐在桌前，我明确感到，他们肯定全是干部。

我知道坐在中间的是主要领导，正碰到他的目光，他就向我点一下头说道："大家正等着你呢。"

李督察站起身，来到我身边，他的情绪非常激动，一把抓过我的手，紧紧地握着，一时竟说不出话来，过了一会儿，我看见晶莹的泪珠在他眼里滚动。

"同志，让你受委屈了。"李督察终于说出一句话来。

我异常冷静，他们是在试探我，让我激动起来，然后套出我干了什么。我想我不能激动，因为我没干什么，我要是激动了，说什么呢？我要不能说什么，大家失望，我会不好意思的。

这时候一位女同志走到我身边："你肯定是蒙在鼓里了吧，今天大家聚在这里就是为了要给你一个交代的，怕说不清楚说不好，本着对你认真负责的精神，我们特地请来了市评弹团的金先生，具体的由他主讲，必要时我们再作一些补充。"然后她掉转头对着一位身穿长衫的老先生关照道："金先生请吧。"

那个叫金先生的评弹演员立起身，抱拳向大家拱一拱手，"啪"的一敲惊堂木就说开了。

"讲话指路心里亮，加快步伐有方向，古城旧貌变新颜，小区一片好景象。"

金先生念了四句，又"啪"地敲了一遍惊堂木，然后再是故事发生在哪年哪月哪日，在小区怎样怎样。

金先生将我不久前经历的事，说得绘声绘色。大家也是听得津津有味。突然间惊堂木又是一记："那么究竟是怎么一回事情呢？我们下回分解。"

金先生刚才讲的，本来全是我经历的，以为要道出原因了，偏偏他却卖起关子来了，我觉得自己有点吃苍蝇的感觉，再看看其他人，也是意犹未尽。

"我就喜欢听金先生的书，到底是响档①，说学逗唱样样拿

_____

① 响档：在书场演出时，很受听众欢迎，上座率高的演员或演员搭档。

小
区

得起。"

"你以为什么，金先生是拿过梅花奖的。"

"可惜是有头无尾呵，听得不过瘾。"

"是呀是呀，金先生再讲一段吧。"

领导笑眯眯看看大家，又看看金先生说道："金先生，你就再讲一回吧，小区正在举行文化艺术节，这也可以算是一项内容嘛。"

金先生只好换上笑脸，起身向大家再拱一拱手："谢谢，谢谢各位老听众。"

可以说小区管理在各方面都是卓有成效，这也是上级机关和广大群众有目共睹的，因此获得各项先进也是顺理成章，而问题也是出在这里，因为管理完善和先进，警卫中心反而显得无所事事了，这也是小区内唯一一个没有获得过先进的机构，没有坏人，就没有案件，没有案件，就无法破案，无法破案，就没有事迹，没有事迹，就没有成绩，没有成绩，又怎么能评上先进呢。小区领导极为关注，警卫中心领导更是忧心如焚。而我，就是在这节骨眼上，拿着一叠表格在小区内到处打探警卫中心，群众都觉得反常，并很快地作了举报。

金先生大致讲了上面这些内容后，我和大家一样，都知道故事要进入高潮了，我看见女领导凑到男领导脸上要讲话，男领导伸出食指，竖封在嘴上，小声地发出来"嘘"的一声，女领导就重新坐端正。

"为填表格找警卫中心，谁会相信，要想遮人耳目也该找个过得去的理由：这是存疑之一。想干坏事最顾忌什么？人家有防备，小区谁在防备，警卫中心，到警卫中心明摆着是探虚实：这是其二。光天化日，急急忙忙，似是迫不及待，这样看来，小区里面要么天下太平，要么就是大案要案，所以大家要有打硬仗的准备：这是三。第四，在路上画上三角或圆圈，是坏人做记号的惯用伎俩，对手故技重演，有没有可能藏匿着更大的阴谋？

"在警卫中心紧急扩大会议上，李督察做了全面透彻的分析。上级主管部门的领导也在会上做了动员报告，说保卫人民生命财产的安全是警卫人员义不容辞的职责，养兵千日，用兵一时等。警卫中心侦缉队、特别行动队、便衣队全面行动起来，小区进入一级戒备状态。"

说到这里，金先生"呼"地站起身来，一手掀长衫，一手高举着自上而下地抖动，那眼神由远而近再由近而远，吐出话来抑扬顿挫："真是山雨欲来风满楼，黑云压城城欲摧。"大家以为将有更大的高潮来临，结果却是柳暗花明峰回路转。金先生道出来经过周密的内查外调，证明我是一个好同志，这一切原本是一场误会。

说到这里，金先生一敲惊堂木："平地一声起风雷，小区上下齐戒备，尽释前嫌聚一堂，同心协力向未来。谢谢各位老听众，演出到此结束。"

大家顿了一下，接着热烈的掌声响了起来。

"不知不觉就完了，真要有点事多好呀，还能听下去呢。"

"他是好人，真可惜。"说这话的人看了我一眼，脸上挂着十分的遗憾。

坐在我身边的李督察凑上来小声说道："当初我们还以为你是按兵不动，想是真遇上对手了。"

"让大家扫兴，真不好意思。"

我在说这话时，领导手一扬，示意大家安静，扫视了一遍后开口说道："坏事也可以变成好事，就当这是一次军事演习，小区有这样的一支警卫队伍，要压倒一切敌人而决不被敌人所屈服。要让上级领导放心，请小区人民安心，我们的工作还是任重道远，革命尚未成功，同志还须努力，我的话完了。"

接着女领导也讲了一些话："今天的会议很成功，最后我还要提议，我们的小区升旗队，要吸收一名新队员。"

全场爆发出长时间的热烈掌声。

大家放声高歌《小草》，"没有花香，没有树高，我是一棵无人知道的小草。春风呵春风呵你把我吹绿，阳光呵阳光呵你把我照耀，河流呵山川呵你哺育了我，大地呵母亲呵把我紧紧拥抱。"会议在嘹亮的歌声中圆满结束。

走出警卫中心大门时，女领导亲热地拉起我的手说："有什么困难来找我。"我就说，"让我把房子装修了吧。"女领导沉思片刻："我们再研究一下好不好？"

"好的。"

小红来的时候，从阳台看到卫生间，再转回厨房，她的脸上红扑扑的，显得兴奋不已："太好了，太好了，住在这里，真是有一种自豪感的呀。"

我想要把不久前的事前前后后原原本本地告诉她，才说个开头，小红就手一挥地说道："我都知道了。"

"你怎么会知道的呢？"

小红想了想说："这事在警卫中心的档案馆里都有记载的，你千万不要问我怎么会看到这些资料的，我们有组织纪律。你可不能逼我犯错误呵。"

小红说这话时，对我妩媚一笑。我知道她也卷进来了，我还知道原来我以为我在小区的生活将一马平川是错误的，我今后的日子任重道远。

第二天小红打电话给我说要碰个头。我说："我就不去你家了，不如你到小区来吧。"小红说不上我家，也不到小区，中午十二点到光明电影院门口。

我说："去看电影吗？"

小红说："不，不是看电影。在电影院门口，有个人手上拿着当天的日报，你就和他接头，你问他现在几点了，他说，我的表坏了，你再问到底几点了，他说昨天老时间。你就跟他走，他会带你见我的。"

我迟疑了一会问道："怎么啦？"

"你不要问那么多，照着去办就是了。"小红说完很果断地把电话挂了。

我在光明电影院的钟楼底下，看到了一个戴着鸭舌帽的中年人，手上拿着当天的日报，他在东张西望中，若无其事地神色紧张着。

鸭舌帽带我穿过作为人防工事的防空洞，在地下酒吧的角落里，我看见坐在那儿的小红打扮得特别妖艳。

我在她对面坐下来。

鸭舌帽将手里的日报放在桌上，再将桌上的晚报拿到手上，然后转身而去。

小红说，到这里来接头，是为了要告诉我，她已经是警卫中心便衣队的一员了，把这个秘密告诉我，一是上级对我的信任，二是有任务要我配合完成，具体的情况到警卫中心，李督察会交代我的。

我问道："你怎么参加了特务组织了呢？"

小红说："你不要乱讲，应该是情报人员。对了，和你接头为了掩人耳目，我是打扮成三陪小姐来这里的。所以，等一会你付一百元钱再走，不要露出破绽来。"她向我使了一个眼色，然后放大了声音，"呵呀，大哥你怎么就要走了呢，玩得开心点呀。"

小红立起身，拉着我的手送我，我就掏出一百元钱塞给她。

这时候，车厢座里立出一个高高大大的男人，一把拖过小红："你就来陪我坐坐吧。"

小红"依呀"了一声，就势在那个男人身上坐了下来。

后来小红对我说："干这一行随机应变的能力很重要的。"她把一百元钱还给我，"那个男人倒出手很大方的，一下子给了我二百元呢。"

我去找到警卫中心，李督察说："组织上找你谈过了吧？"

我说："没有呵，组织上没派人找过我，是我先来这里，主动来找组织的嘛。"

"小红没和你接头吗？她就是代表组织的。"

我就说："那是找过我的了。"

"你坐吧，坐下来。为了你房子装修的事，小区召开了常委扩大会，在那次会议上，我们提出了坏人不出来，就设法将他引出来的设想，上级仔细研究以后，认为是切实可行的，坏人在哪里呢？就在为你装修的民工中间。国庆节后，他们就来你家里，你要密切配合我们。"

"只是，我不知该做些什么。"

"做什么，你先回家，把自行车的车锁拆了。然后，我们会给你一些活动经费，这些钱你在家里随便放放好了，他们自行车不偷，钱总要偷的吧。"

"他们要是钱也不偷怎么办呢？"我问道。

"不偷就执行第二套方案，我就不信，他不犯盗窃罪，还能不犯流氓罪？让可疑一点的民工单独和小红在房间里，我倒要看看，他会是个什么嘴脸。"

"这，小红她……"

"小红是个好同志呵，这个方案就是她提出来的。当然，现在已经进一步完善过了。至于你的安全，这尽可以对我们警卫中心放心的。"

在我临出门前，李督察紧紧地握住了我的手，语重心长地叮咛道："同志，大胆谨慎。"

作为小区升旗队的一员，我们在警卫中心的指导下排练得很认真，而能够参加节假日升旗仪式的，全是佼佼者了。十月一日前一天，领导通知我参加国庆的升旗仪式，这使我又激动又兴奋。

秋高气爽，太阳从东方冉冉升起。优秀少先队员、退休的劳模、身残志坚先进代表和我，由警卫中心的摩托在前面开路，在鼓乐声中，我们走向广场。

我的眼光被红旗牵引着上升，鲜艳的旗帜，在小区上空迎风飘扬。

鸭　子

一

起先的时候，蒋小王没有在意鸭子跟在他身后了。待进了家门以后，听到后面有一点响动，蒋小王回过头去看看，看见鸭子已经跨进屋子里来了。

"鸭子你怎么了？到我家里来干什么呀。"

蒋小王一边说着，一边展开着双手赶鸭子。鸭子轻轻"哼"了一声，转到桌子底下并且卧下身体不动了。

"鸭子你这算是哪一出呀？怎么能这样呢？真是的，从来没有见过像你这样的鸭子。"

鸭子还是一副无动于衷的样子。这使蒋小王觉得自己也太没有面子了。他心里有点儿恼怒起来。

"这不是欺负人吗？你一只鸭子，凭什么呢，这也太过分了。"蒋小王这样想着，在屋子里转了一个圈子，然后走到桌子前，伏下身来，伸出手抓住鸭子，再站立起来，走到门口，对着鸭子头上拍打了两下，使劲地将鸭子扔出老远。

鸭子一个趔趄，又很快地站稳了身体，抖一抖翅膀，从容不迫地向着蒋小王家里走来。

蒋小王看着鸭子摇摇晃晃过来，到了门前，先迈出一只脚踏上门槛，再将另一只脚收提起来，然后"扑"地一跳，进了屋子里。

它又不是人，它是鸭子呀，怎么会像人一样走路的呢？

这一个瞬间，蒋小王觉得十分有趣味。但他又马上意识到，鸭子怎么又回来了呢，这不是较劲吗？

鸭子停住脚步，四下里看一看，就很自说自话地向桌子底下走去。

二

蒲秀才写一手漂亮的王字，蒲秀才心仪的古人是王羲之。王羲之也养宠物，他养的宠物是一对白鹅。

王羲之为什么喜欢养鹅呢？这个"鹅"字一拆开来是"我鸟"，这就有一些不见外的意思，在家畜的大家庭里，鹅有一种雍容华贵的气息，他像一个知识分子似的仪态端庄，富有涵养。王羲之笔歌墨舞恣意挥洒的时候，白鹅就绕在脚边桌前晃来晃去。白鹅像一片云彩似的晃晃悠悠，然后还"哇……哇……"地叫两声，王羲之在这一刻超凡脱俗飘飘欲仙。

可能还有一些别的缘故，但蒲秀才没有再深入地想下去了，因为王羲之喜欢养鹅这是肯定的，有了这一点，就已经是很足够的了。

所以蒲秀才也养了两只白鹅。

蒲秀才不是那种春风得意的读书人，也没有什么家底，平常的时候，就混在劳动人民中间，过着简朴的日子。

街坊四邻的劳动人民看着蒲秀才养的白鹅在眼前走来走去，他也摆出一副很骄傲的样子走来走去，完全是目中无人的嘴脸。凭什么呀，不就是一个穷秀才嘛，凭什么我们养鸡鸭，他非要养白鹅呢？

最初他们只是在心里这么想想，毕竟蒲秀才是个很敦厚的读书人，大家一向是彬彬有礼客客气气，为了白鹅说三道四，未免显得斤斤计较了。

但白鹅的性情有点自由散漫和不拘小节，主要表现在冷不丁"哇……哇……"地叫上几声，很粗壮也很响亮，半夜三更白鹅的叫声引得村里的狗接二连三地大呼小叫。

就在大家准备和蒲秀才交涉的前一天，蒲秀才已经主动地将养白鹅改为养鸭子了。

蒲秀才想，王羲之还写过一个《鸭蛋头帖》呢，这是不是一种暗示呀？书法追求的不是形似而是神似，而最和白鹅仿佛的，就是鸭子了。鸭子的"鸭"字拆开来是甲鸟，有点儿一等一的意思，古人有"白毛浮绿水，红掌拨清波"，古人也有"春江水暖鸭先知"呀。

别人家养的鸭子，是物质的鸭子，蒲秀才养的鸭子，是精神的鸭子。这两只精神的鸭子在蒲秀才跟前绕来绕去，像两个玲珑的书童。

但这一天，走回来了一只鸭子，另一只却不见。

蒲秀才守在门口守到很晚，第二天又守了一个上午，依然不见踪影，他的心里有点失落，便铺开宣纸，写下《失鸭偶占》：昨夜西风凋碧树，乡野老鸭失旧途。莫非化作青鸟去，云外翩翩传家书。

三

鸭子是应该红烧的，蒋小王一向认为，红烧的口感应该更好一些。当鸭子的香气溢满屋子的时候，蒋小王说："鸭子啊你活该，你现在想跑也不能跑了。"

村长从蒋小王家门口路过，嗅了两下鼻子说道："好香呀，蒋小王你在烧什么吃？好香呀。"

"南瓜。"蒋小王说，"村长，我在烧南瓜。"

"南瓜？我怎么嗅出来是鸭子的味道呢？"

"有一些好的南瓜一烧起来就是鸭子的味道了，你嗅着觉得这不是在烧鸭子吗？其实是在烧南瓜。"

"要不，我就在你这儿吃南瓜吧。"

"什么呀，村长你真是的，你们家天天吃鸭子，你还要跑到我这儿来吃南瓜，你真会开玩笑，你这不是寒碜我吗？"

村长有点不好意思地离开了。蒋小王把门窗关得更紧闭一点，然后打开锅盖，这时候鸭子的香味像一匹脱缰的野马，直朝着蒋小王袭来。

这一夜月明星稀，睡梦中的蒋小王，还在回味鸭子的香味，甚至就是因为这样的回味，使蒋小王从睡梦中惊醒过来了。

月光透过天窗，落到屋子里，屋子里的一切都是依依稀稀的模样。蒋小王牵扯了一下身体，却觉得月光像膏药一样，贴在自己身上了，没有一会儿，身体就有了一丝痒痒的意思，这痒痒的意思持续在身体里经久不散并且愈加猛烈起来。

第二天快到中午的时候，蒋小王找到村长那里去了。

"村长呵。"蒋小王说，"我痒，痒得忍不住呀，我挠到哪儿，痒就移到别的地方去了，我不挠他又回过头来痒了。"

村长想了想说："麻烦的，这是活痒。"

"村长呵，我小时候听说，偷吃了别人家的鸭子，身上会发痒的，我还以为是吓唬人呢。"

村长说："这下你信了吧，还说是南瓜呢，也亏得我没吃。"

"村长呵，我求求你了，你快替我找到丢鸭子的人家吧，让他来骂我一顿，我的痒就会好了。"

村长说："蒋小王啊，不是我说你，古人还夜不闭户路不拾遗呢。现在时代进步了，对自己的思想品德更应该严格要求，你一放松，这不出事情了吧？"

蒋小王说："你说的全对，只是你说了没有用，挠不到痒处，你还是快去找了丢鸭子的祖宗，请他来骂我吧。"

村长想了想，掉过头去了。他没有费太大的周折，就找到了蒲秀才。

蒲秀才听了村长的讲述，淡淡地说道："也就是一只鸭子，吃了就吃了吧。"

村长说："不能这样便宜蒋小王的，你要去教育他一下。"

蒲秀才说："可是他已经知错了呀，人非圣贤，孰能无过，他既已知错，我再责难于他，太不知书达理了吧。"

村长只好把蒋小王痒得不能过的情形说出来，村长说："蒲秀才，你总要去骂他几句才是呀，你就当他把你的儿子给偷了杀了吃了。"

蒲秀才说："村长你真是说笑了，我又没有婚娶，这儿子一说从何谈起呢？"

村长说："那么，那么你就当你的老子被蒋小王偷走了，然后又被他一刀杀了，放在锅里红烧着吃了。"

"岂有此理，岂有此理，你身为一村之长，竟说出如此大逆不道、有辱斯文的话来，真是天理不容。子曰……，家父乃……，为儿当……。"

蒲秀才越说越气，直骂得村长抬不起头来。

蒲秀才在痛骂村长的时候，蒋小王的身上渐渐长出来一些细细的鸭毛。蒋小王走在路上，大家都好奇地看着他，蒋小王赶紧说："我不是鸭子，我是蒋小王呀。"

图书在版编目（CIP）数据

下午：陶文瑜短篇小说集 / 陶文瑜著 . -- 北京：作家出版社，2020. 11

ISBN 978-7-5212-1122-1

Ⅰ . ①下… Ⅱ . ①陶… Ⅲ . ①短篇小说 – 小说集 – 中国 –当代 Ⅳ . ①I247.7

中国版本图书馆 CIP 数据核字（2020）第 180661 号

下午：陶文瑜短篇小说集

作　　者：陶文瑜
责任编辑：向　萍　乔永真
装帧设计：张永文
出版发行：作家出版社有限公司
社　　址：北京农展馆南里 10 号　　邮　　编：100125
电话传真：86-10-65067186（发行中心及邮购部）
　　　　　86-10-65004079（总编室）
E-mail:zuojia@zuojia.net.cn
http://www.zuojiachubanshe.com
印　　刷：河北鹏润印刷有限公司
成品尺寸：142×210
字　　数：163 千
印　　张：7
版　　次：2020 年 11 月第 1 版
印　　次：2020 年 11 月第 1 次印刷
ISBN　978-7-5212-1122-1
定　　价：36. 00 元